乱愛御殿
大江戸はーれむ物語

◆

鳴海　丈

コスミック・時代文庫

この作品は二〇一二年に刊行された「乱愛御殿」（学研M文庫）を改題し、加筆修正の上、書下ろし一篇を加えたものです。

目次

第一章　雷鳴の裸女《らじょ》

一

かっ、と空が真っ二つに裂けたかと思われるような凄まじい雷光が走った。
ほんの少し遅れて、空気を揺さぶる大音響がこだました。
その時、「ああっ」という女の悲鳴を、藤堂源四郎《とうどうげんしろう》は耳にしたのである。
「はてな……？」
その悲鳴は、源四郎が雨宿りをしている社殿の中から聞こえたのだった。
江戸の郊外、小日向《こひなた》の中里村にある稲荷社であった。
鳥居を入ると、猫の額ほどの広さの境内に玩具のように小さな社《やしろ》があるだけ。
社の周囲には田畑が広がり、あちこちに木立がある。
十代将軍・家治《いえはる》の御代、陰暦六月二十四日――暑さの厳しい日の午後であった。

急な夕立で、内神田へ帰る途中の源四郎は、この社殿の軒下《のきした》に飛びこんだのだった。そして、湯船の底が抜けたような土砂降りにうんざりしていたのである。

夏羽織に袴という姿の源四郎は、背が高くて整った顔立ちをしていた。眉《まゆ》が太く、鼻も立派で口も大きい。まずは、男前の部類だろう。

そのくせ、武張っているというわけではなく、垢抜けしていて、どことなく愛嬌すらある容貌なのだ。本人が「俺は主持《しゅも》ちの侍ではなく、本当は役者なんだ」と言ったら、信じる者は多いかも知れない。

着瘦せして見えるが、十三の時から金剛流《こんごんりゅう》剣術で鍛えた肉体は、二十九歳の今も無駄なく引き締まっている。腰の二刀は、落とし差しにしていた。

「おい、誰かいるのかね」

源四郎は、木連格子《きづれごうし》の扉の奥を覗きこんだが、内部は暗くて何も見えない。

この時代——平均寿命は五十年、一説によれば三十五年といわれるほど短かった。

男は、武家も町人も十五歳前後で元服する。つまり、大人になるのだ。女性の場合は、これよりも一、二歳、早かった。

現代の成人年齢が十八歳であることを考えると、三歳の開きがある。

男が四十くらいで隠居することは珍しくなく、五十歳では中《ちゅう》老人と呼ばれてしまうのだった。

——したがって、二十九歳といえば落ち着きのある年齢なのだが、源四郎は好奇心が旺盛で遠慮のない性格であった。

（賽銭泥棒が隠れているのか、それとも、狐《きつね》の化身でも棲みついたかな）

三段しかない昇降段《きざはし》を上り、軽く一礼してから、木連格子の扉を開く。

その時、またもや稲妻が光った。その青紫色の光が、狭い社殿の内部を照らし出す。

「きゃあっ」

その若い女は、社殿の床に横向きで蹲《うずくま》っていた。両手で耳を塞《ふさ》いでいる。髷《まげ》は結《ゆ》わずに、腰まで隠れるほど長い黒髪を背中に垂らしていた。女が軀《からだ》に纏《まと》っているものは、その黒髪だけである。

つまり、全裸なのであった。ほっそりとした優美な肢体《したい》で、乳房も臀《しり》も小さい。背中を丸めて膝頭が胸につくような姿勢をとっているので、淡い恥毛に飾られた秘裂や後門までが見えていた。

慎ましやかな形状の女華は、美しい鴇色《ときいろ》である。後門は、紅色をしていた。

生娘《きむすめ》のようだな——と源四郎は見て取った。

今度の雷はどこにも落ちなかったらしく、ごろごろごろ……と、大太鼓を連打するような轟《とどろ》きだけが薄暗い真夏の空に響く。雨の勢いは、先ほどよりも弱まってきた。

「そなた、どうした」

源四郎は、全裸の女に問いかけた。

「……」

女は固く目を閉じたまま、何も言わない。

年齢は二十歳前後であろう。すっきりと鼻筋が通って、睫毛《まつげ》が長い。清楚で細面《ほそおもて》、上品な美貌であった。

「追い剝《は》ぎにでも襲われたのか、それとも…」

急に言葉を切った源四郎は、急いで木連格子の扉を閉じた。そして、軒下に戻ると、右腕を懐《ふところ》に突っこんで所在なげに佇《たたず》む。

すぐに、田畑の中の道を、東の方から五人の侍が駆けて来るのが見えた。

激しい夕立の中で笠も被らずに、ずぶ濡れの格好で必死に何かを捜しているようであった。どこかの大名家か大身旗本の家臣のように見える。

先頭の平家蟹《へいけがに》のような顔をした侍が、社の軒下に立っている源四郎に気づいて、足を止めた。

「おい、その方《ほう》っ」

その平家蟹は、横柄《おうへい》な態度で声をかけて来た。

「――俺かね」

源四郎は、とぼけた顔つきで彼らの方を見る。

「当たり前だ。この辺りには、我らの他には、その方しか居らぬではないか」

「なるほど」

暢気《のんき》な顔で周囲を見まわしてから、源四郎はうなずいた。

「確かに、ここには俺しかおらんなあ」

「女を見なかったか。若い女だ。たぶん、着物を着ていないと思うが」

横柄な口調で、平家蟹は訊いた。

「はっはっはっは」

いきなり源四郎が笑い出したので、男たちは驚いたらしい。

「無礼な、何が可笑《おか》しいのだっ」

「いや、な」と源四郎。

「貴公《きこう》の問いがあまりにも馬鹿げていたので、つい、笑ってしまったのだ」

「馬鹿とは何だっ」

男たちは、大刀の柄《つか》に手をかけて気色《けしき》ばむ。

「いや。馬鹿と言ったのではない。馬鹿げていると言ったのだよ」

「何故《なにゆえ》に、馬鹿げておるのだっ」

平家蟹が吠えた。

「そうではないか。貴公はさっき、俺に向かって何と言ったね。この辺りには、我らの他には、その方しかいない——と言ったではないか」

源四郎は平然として、答える。

「だったら、若い女なんかいるはずないだろう。こんな簡単なことがわからないんだから……ああ、なるほど。やっぱり、貴公らは馬鹿かも知れんなあ。あっはっはっは」

明るく笑う源四郎に、侍たちは、血相を変えて大刀を抜き放った。

「黙っておれば、図に乗りおってっ」と平家蟹。

「聞くに堪えぬ罵詈《ばり》雑言《ぞうごん》の数々、もはや、その無礼は容赦できぬ。成敗してくれるわっ」

「いずれの家中の方々か知らぬが、無礼なのは、そっちだろう」

軒下から、源四郎は一歩前に踏み出した。

「ここでは狭すぎるし、どんな小さな社であっても境内を血で瀆《けが》すのは気が進まぬ。俺が、貴公らに礼儀というものを教えてやる。命の遣《や》り取《と》りをする度胸があるなら、鳥居の外へ出ろ」

侍たちを、睨《ね》めつける。

「言いおったなっ」

「よかろう、こっちへ出てこいっ」

抜身《ぬきみ》を光らせた侍たちは、ばらばらと鳥居の外の道へ出た。源四郎も、ゆっくりとその道へ出る。

雨が止《や》んで、雲の隙間《すきま》から射しこんだ金色の数条の陽光が、泥濘《ぬかる》んだ道を照らし出した。日光で泥の光る様《さま》は、不思議と美しい。

源四郎は空を仰《あお》いで、

「こいつは粋《いき》な花道だな。これで、もう少し絡《から》み役が上品だと言うことはないんだが」

「死ねっ」

炭団《たどん》のように色黒の侍が、大刀で突きかかって来た。腰の据わった諸手突《もろてづ》きである。

だが、源四郎は苦もなく、その突きをかわした。かわしながら、その色黒侍に足払いをかける。

「ぶげはっ」

勢いよく泥濘に顔面から突っこんだ侍は、風邪気味の豚のような呻《うめ》き声を発した。

低い鼻が潰れて、さらに低くなったようだ。大刀はどこかへ、素っ飛んでいる。

「こいつめっ」

馬のように面長《おもなが》の男が、斬りかかって来た。源四郎の左肩めがけて、大刀を振り下ろす。

その刃《やいば》が肩口に届くよりも早く、源四郎の右手が閃《ひらめ》いた。金属音とともに、馬面の男の手から大刀が吹っ飛んで、数間先《すうけんさき》の草叢《くさむら》に落ちる。

源四郎が目にも止まらぬ迅さで大刀を抜き様《ざま》、相手の刃を弾《はじ》き飛ばしたのであった。

さらに源四郎は、啞然《あぜん》としている馬面の侍の右肩に、大刀を振り下ろした。

「ぐきゃっ」

そいつは濁った悲鳴を上げて、泥の中に臀餅をつく。右肩から血は出ていない。峰打ちである。

「痛い、痛いィ………」

馬面は、子供のように泣き出した。

その右腕は、だらりと肩から垂れ下がったまま、動かない。肩胛骨《けんこうこつ》と鎖骨《さ》を、源四郎の大刀の峰で打ち砕かれたからだ。

「む、むむ……」

「くそっ……」

残った小太りの侍と目玉の大きな侍は、源四郎の意外な強さに怯《ひる》んで、平家蟹顔の仲間の方を見た。

こいつが、五人の中で頭格《かしらかく》らしい。

「むむ……こうなったら、わしの居合術の餌食《えじき》にしてくれる」

平家蟹は、抜き放っていた大刀を鞘《さや》に納めた。半身《はんみ》になって、腰を落とす。

「どうだ。詫びるのなら、今のうちだぞ。その泥濘んだ道に額を埋めて謝罪するならば、許してやらぬこともない」

「謝罪しないと、どうなるのかね」

「く、黒住流抜刀術《くろずみりゅうばっとうじゅつ》の奥義《おうぎ》で、抜く手も見せずに貴様の軀《からだ》は真っ二つになるのだ……そうなったら、手遅れだぞ。良いのかっ」

平家蟹は、自分自身を奮い立たせるように、大声で吠えた。

「ほう、そうなのか」

源四郎は、無造作に前に出た。斬られると思った平家蟹は、あわてて抜刀しようとする。

その瞬間、耳を劈《つんざ》くような金属音がした。

「え……？」

平家蟹は、ぽかんと口を開けたまま、自分が握っている大刀を見た。鐔元《つばもと》から一寸――三センチほど上で、刃がなくなっている。その刀身は、近くの松の幹に突き刺さっていた。

源四郎が大刀で、抜きかけた刀身を叩き折ったのであった。

「黒住流の先生。朋輩《ほうはい》を連れて、とっとと帰るがいい」

源四郎は静かな口調で言ったが、その声音《こわね》には逆らいがたい重みがあった。

「ひ……」

蒼白になった平家蟹は、大刀の柄を放り出した。仲間を置きっ放しにして、やって来た方角へ一目散に駆け去る。

「あ、溝口《みぞぐち》殿っ」

「待って下さいよぅっ」

小太りと大目玉の二人は、色黒と馬面を助け起こして、よたよたと平家蟹のあとを追った。

どうやら、怪我した仲間を見捨てなかった二人は、頭格の溝口という平家蟹よりも多少はましな人間らしい。

「さて――と」

納刀した源四郎は、全裸の女が隠れている社殿の方へ戻った。

「そなたを追いかけていた奴らは、私が追い払った」

社殿の木連格子の前で、源四郎は言う。

「こう見えても、私は旗本で藤堂源四郎という者だ。良かったら、あの侍たちに追われていた理由を聞かせてくれぬか」

女が悪党に凌辱《りょうじょく》されそうになって逃げて来たのだろう――ということは想像がつくが、その経緯を聞かなければ、源四郎としても処置に困る。

「事情が話せないというなら、無理には訊かぬ。関わり合いのついでに、私が送り届けてやるから、住居を教えてくれ。どこだね」

「…………」

そこまで親身になって訊かれても、中の女は何も言わない。

「そなた、無言の行《ぎょう》でもやっているのか」

源四郎は、むかっ腹を立てた。

「それなら、勝手にしろ。もう、知らんぞ。俺は行くからなっ」

社殿に背を向けた源四郎は、参道を鳥居の方へ向かう。

今は空が晴れて強い陽射しが戻り、濡れた地面が焙《あぶ》られて、わらわらと耐え難いほど不快な湿気が湧き上がって来た。

二

豊かな臀である。

まろやかな曲線を描いて、二つの丘が盛り上がっていた。双丘《そうきゅう》に挟まれた割れ目の下の方には、黒い秘毛が覗いている。

その女は湯壺の端に両手をついて、後ろへ臀部《でんぶ》を突き出しているのだった。湯に濡れた肌は、火照《ほて》って桃色になっている。乳房は量感があり、乳輪が大きめだ。

「程よい茹《ゆ》だり加減だなあ、お沢」

藤堂源四郎は、その臀を右手で撫でまわした。

陰暦五月下旬の夕刻――伊豆半島の南端、下田の岩場で潮風に吹かれながら入る湯壺であった。〈磯湯《いそゆ》〉という。

「源四郎様ァ……」

お沢は、甘ったるい声で男の名を呼ぶと、くねくねと臀を蠢《うごめ》かした。この姿勢で責められることを好む女であった。

丸髷を結ったお沢は三十三歳、江戸は日本橋の呉服商〈橘屋《たちばなや》〉の後家である。

二年前に夫の宗助《そうすけ》を亡くしたが、家付き娘なので再婚はしなかった。

商売の方は番頭の嘉兵衛《かへえ》が取り仕切っているので、お沢は名目だけの女主人である。子供はいないから、いずれは親戚筋から適当な養子をとって、店を任せることになるだろう。

その暇を持て余した後家のお沢は、同じく暇を持て余している源四郎と一緒に、下田の湯治場へやって来たのだった。

そして、〈岡田湯〉という湯宿に泊まり、二人で仲良く、この磯湯に浸かっている。

「焦《じ》らさないでくださいな、お願い……」

大胆にも、お沢は、両手で臀の双丘を左右に広げた。

割れ目の奥底に隠されていた灰色の後門が、露《あら》わになる。その下の赤紫色の秘唇も、ぱっくりと口を開いていた。

「お沢。何が欲しいのか、言ってみろ」

「意地悪ね……お珍々…源四郎様の立派なお珍々で、あたしを犯してぇ」

珍々——CHINCHINは、男根の俗称である。珍宝——CHINPO、魔羅——MARAともいう。

子供の男根の場合は、珍宝子——CHINPOKOとも呼んだ。

「よし、こうか」

源四郎は、すでに臨戦態勢に入っている己《おの》れの肉根を、右手で摑んだ。逞《たくま》しい雄物《ゆうぶつ》である。

その先端を、源四郎は、後家の濡れそぼった女華にあてがう。

そして、一気に貫いた。

「――――オォォアっ！」

お沢は背中を弓なりに反《そ》らせて、仰《の》けぞった。その時には、源四郎の肉根は、熟れ切った女壺《にょつぼ》に根元まで没している。

女の臀肉を両手で鷲摑《わしづか》みにすると、源四郎は、腰の動きを開始した。

引き締まった下腹部を女の柔らかな臀にぶち当てるように、源四郎は荒々しく、突いて突いて突きまくる。

「ひィ、ひィ、ひィィっ……凄い、お腹を突き破られそうぅぅっ」

お沢は、悲鳴のような悦声《よがりごえ》をあげた。岩場には、誰もいないから、悦声を押し殺す必要はない。

(潮風に吹かれて、夕陽を見ながら湯壺の中で美女と交わるとは……格別の味わいだな)

力強くお沢を犯しながら、源四郎は、そう思った。三十後家の成熟した肉襞《にくひだ》の締まり具合は、素晴らしい。

そして、絶頂に達したお沢の肉壺の奥に、大量に精を放つ………。

彼がお沢と知り合ったのは、今年の春、小唄の師匠・文字春《もじはる》が世話役となった梅見の会でのことであった。

二十数人の男女が集まって向島で賑やかに梅見をしたのだが、そこで何組かのカップルが誕生した。

　文字春は、小唄の師匠を表看板にして、身許《みもと》の確かな男と女を引き合わせ、首尾良くカップルが誕生した時には仲介料を取るという裏稼業を営んでいたのだ。

　お見合ではなく、不義密通の手引きである。

　それらのカップルは、帰り道にある出合茶屋か船宿などへ入って、濃厚な時間を過ごすのだ。

　源四郎も、お沢を連れて料理茶屋へ入って、彼女を抱いた。無論、お沢の供の下女にはたっぷりと小遣いを渡して、近所の甘味処《かんみどころ》で暇を潰すようにと命じてある。

　二年もの間、男っ気なしで過ごしていたお沢は、飢えきっていた。帯を解くのももどかしく、源四郎にすがりつき、男のものを挿入されるや否や、あっという間に絶頂に達したのである。

　一刻《いっとき》――二時間後に料理茶屋を出るまで、お沢は源四郎に三度も吐精させたのであった。

　それから何度も密会しているうちに、お沢は「誰も知った人がいないところで、心ゆくまで源四郎様に抱かれたい」と言い出した。

それで、湯治場として有名な箱根七湯《しちとう》は避けて、わざと伊豆の下田にやって来たのである。

旗本は、原則として江戸府内での外泊さえ自由にはできない。この旅も、「腰痛治療のため」という口実で、公儀から許されたものであった。

七日もの間、湯宿に滞在してお沢と爛《ただ》れるような淫猥《いんわい》な時間を過ごした源四郎だった。仰向けに寝た男の全身を、お沢はくまなく舐めまわし、肉根が屹立《きつりつ》すると、その上に跨《また》って貪欲《どんよく》に腰を振るのである。

源四郎の方も、年増女《としまおんな》の濃厚な閨業《ねやわざ》を堪能しつつ、その間に内緒で、女中のお葉《よう》という可愛い娘にも手を出していた。男知らずの生娘であるお葉に男根をしゃぶらせ、その拙《つたな》い舌技《ぜつぎ》を大いに愉《たの》しんだのである。

だが、源四郎のものが巨《おお》きすぎるのか、お葉の薄紅色の女器が小さいのか、お葉もその気になっているのに、ついに結合することはできなかった。

苦痛を訴える娘を力づくで突き破るような酷《むご》い真似は、源四郎の趣味に合わない。

お葉は恐縮して「申し訳ありません、お殿様……」と詫びたが、源四郎は笑顔を見せて、彼女の手に小判を一枚、握らせてやった。

江戸への帰路の途中でも、旅籠《はたご》でお沢の熟れた媚肉《びにく》を堪能しつつ、内神田の神保小路《じんぼうこうじ》にある自分の屋敷へ戻って来た源四郎である。

ところが………。

「――お武家様、着きましたよ」

駕籠舁《かごか》きの声で、源四郎は回想から現実に引き戻された。

そこは、藤堂家の屋敷の表門の前である。

源四郎は駕籠から出ると、後ろの駕籠の方へ行って、

「お、そうか」

「さあ、着いた。降りてくれ」

そう声をかけた。駕籠の中から降りて来たのは、粗末な丈《たけ》の短い野良着を着た女であった。

中里村の稲荷社の社殿に隠れていた、例の女である。長い髪は背中に垂らして、先端に近いところを藁《わら》で縛《しば》っていた。

そんな格好であっても、女の気品のある美しさは少しも損なわれていない。

――結局、源四郎は、稲荷社から去ることができなかった。

いくら相手が意固地で心を開かなくても、藤堂源四郎は、困っている女を見捨てて平然と帰宅できるような男ではない。ぼやぼやしていると、あの平家蟹が人数を揃えて仕返しに来るかも知れないのだ。

源四郎は社殿に戻って、全裸の女の肩に自分の夏羽織を掛けてやると、近所の百姓家へ行って「古着を売ってくれ」と頼んだ。そして、その家の老婆《ろうば》を稲荷社まで連れて来た。

源四郎から二分《にぶ》――つまり、一両の半分という大金をもらった老婆は、うるさく事情を詮索したりはしなかった。社殿の中で裸女に、きちんと野良着を着せてやったのである。

さらに、源四郎は、その老婆に駕籠を二挺《にちょう》呼んでもらった。その片方の駕籠に女を乗せて、こうやって藤堂家の屋敷へ連れ帰って来たのだ。

用心のために、途中で二度、源四郎たちは辻駕籠に乗り換えている。老婆に呼んでもらった駕籠舁きに、あの平家蟹が、源四郎たちの行く先を無理矢理に聞き出すかも知れないからだ。

その駕籠舁きたちに酒代《さかて》を払った源四郎は、無言の女を連れて潜り戸《くぐど》から中へ入る。

「おーい、今、帰ったぞ」

式台から玄関の間に入った源四郎は、奥の方へ声をかけた。

そして、源四郎は帯から大刀を鞘ごと抜いて、右手で持つ。後ろを振り向いて、

「さあ。遠慮なく上がってくれ。どうせ、俺と下男《げなん》の春吉しかいない屋敷だ」

敷地が八百九十坪、部屋数が二十以上もある母屋《おもや》の建坪は二百八十坪、旗本の拝領屋敷としては中の上といったところだろう。

藤堂源四郎喬嗣《たかつぐ》――家禄七百二十石の旗本の当主なのである。

いや……正確に記すならば、源四郎は家禄七百二十石の旗本で「あった」。

「これほどの屋敷に、俺と下男しかいないというのは、ご不審かな」

黙って物問いたげに自分を見つめる女に、源四郎は言った。

「経緯《いきさつ》を話せば長くなるが、端的に言うと…」

「――改易《かいえき》になったんでございますよね」

隣の座敷との境の襖《ふすま》が、さっと開かれた。そこから顔を出したのは、丸顔で唇の厚い町人である。年齢は四十くらいだ。

その背後には、三十二、三の体格の良い男がいる。

「改易――つまり、商家でいうならば、奉公人がお暇をいただいて店を出ていく

ようなものですな」

丸顔の町人が言った。

「何だ。誰かと思えば、稲城屋《いなぎや》の番頭ではないか」

源四郎は苦笑する。

「来ておったのか。たしか、蛸兵衛《たこべえ》とかいったな」

「蛸兵衛ではございません、わたくしは宅《たく》兵衛ですよ、旦那」

分厚い唇を蛸みたいに尖らせて、宅兵衛は言った。

稲城屋とは、浅草黒門町にある有名な料理茶屋である。先月までは、源四郎の行きつけの店であった。

「旦那……ねえ」

いささか不満そうに、源四郎は言う。

「今までは、俺のことを殿様と呼んでいたと思うが」

「そりゃあ、毎日寝ていても知行地《ちぎょうち》から年貢米が運ばれて来る結構な御身分の時にはね。わたくしどもも神保小路のお殿様とお呼び致しておりました、はい。ですが――」

進み出た宅兵衛は、わざとらしく屋敷の中を見まわしてから、

「連日連夜の放蕩《ほうとう》が過ぎて、ついに御公儀からお咎《とが》めを受け、屋敷も知行地も没収。旗本という身分も取り上げられて、旦那は、来月からは浪人ということですな」

「まあ、そんなところだ」

諦め顔の源四郎である。

「しかし、人生は運否天賦《うんぷてんぷ》。浪人になっても命まで取られるわけじゃないし、そのうち、春も巡って来るだろう。そう思って、なるべく明るく前向きの姿勢で暮らすようにしているよ」

父の藤堂源左衛門《げんざえもん》は御納戸頭《おなんどがしら》まで務めたが、その後を継いだ源四郎は、若い頃から飲む打つ買うの三拍子揃った遊び好きであった。

両親が病没すると、嫁取りもせずに遊びまくり、ついに小普請組《こぶしんぐみ》に入れられた。

小普請組とは、三千石以下の旗本で無役の者の吹き溜まりである。ここで一念発起して猟官運動に励めば、役付に戻って出世の道が開かれないこともない。

ところが、源四郎は、無役で暇がたっぷりあるのを良いことに、さらに遊興に拍車をかけた。

春は三味線の師匠と習い子を引き連れて向島で花見、夏は屋形船を仕立てて幇間や芸者を乗せて花火見物、秋は東海寺で品川女郎と紅葉狩り、冬は屋根船で大川を遡《さかのぼ》って雪見をしながら岡場所の妓《おんな》と炬燵酒《こたつざけ》という具合。

芝居見物に相撲観戦、汐干狩りに観月、蛍狩り、虫聞き、さらに吉原で華魁《おいらん》を揚げるわ、賭場《どば》には頻繁に通うわ、三日三晩の酒宴を開くわ——こんな調子で、源四郎は、先祖代々の貯えを浪費しまくった。

そして先月は、色後家のお沢と伊豆の下田へ湯治という名目の愛欲旅行をした。帰路の途中の旅籠でも、お沢の熟れた肉体を存分に堪能してから、江戸へ戻って来たのだ。

ところが、帰宅するや否や、源四郎は、小普請組支配組頭に呼び出された。そして、長年の不行跡を理由に改易を申し渡されたのである。

世の中というのは正直なもので、藤堂家改易の事実が広まるや、今までの遊び友達は潮が引くように疎遠になった。どこからも金も借りられず、店の付《つ》けもきかなくなった。

奉公人たちは、ろくに給金も払ってくれない駄目な主人を見限って、みんな出て行ってしまった。

残っているのは、下総《しもうさ》の知行地から来ている春吉という下男だけであった。

この拝領屋敷も、今月末で明け渡さなければならない。それから先は、源四郎は目出度《めでた》く、住む場所も仕事もない素浪人と成りはてるのであった。

実は、小日向へ行ったのも、母の弟である鹿島五郎右衛門《ごろうえもん》の隠居屋敷を訪ねたのである。

放蕩三昧《ほうとうざんまい》で親戚中から爪弾《つまはじ》きされている源四郎を、小さい頃から可愛がってくれた叔父《おじ》の五郎右衛門に、当面の生活費を借りに行ったのだ。

しかし、間の悪いことに五郎右衛門は留守で、金策は不首尾であった。

がっかりして帰る途中に、源四郎は、例の稲荷社で揉め事に巻きこまれたのである……。

「旦那が浪人になって明るく暮らそうが、真っ暗に落ちこもうが、それはご自由。ですが、その前に、うちの付けを払っていただきましょう。締めて――四十三両と一分二朱《にしゅ》」

「へえ、四十三両か。我ながら、よく溜めたなあ」

源四郎は目を丸くした。

一両あれば、長屋暮らしの四人家族が一ヶ月は暮らせる。つまり、四十三両なら、三年半以上の生活費に匹敵するわけだ。

「四十三両ではございません。四十三両と一分二朱です」

宅兵衛は、細かく訂正してから、

「まあ、わたくしどもも、鬼でも蛇《じゃ》でもございませんからね。主人の宗右衛門《そうえもん》も、旦那には今まで贔屓《ひいき》にしてもらったことだから、こちらも値引きを致しましょう――と」

「ほほう、それはありがたいなあ」

源四郎は微笑を浮かべた。

「で、幾らに負けてくれるのだ」

「二朱は切って、四十三両と一分を戴きます」

平然とした口調で、宅兵衛は言う。

「……おい。それで値引きとは、少しばかり強欲《ごうよく》過ぎはしないか」

「ご冗談を。これが商いというものでございます」

宅兵衛は鼻で嗤《わら》った。

「金がないというのでしたら、めぼしい家具か武具、衣類などを頂戴しようと思ったのですが……」

宅兵衛は、源四郎の顔から野良着の女の方へ視線を移した。

「結構なお宝がございましたな」

三

「何……？」

源四郎は眉根《まゆね》を寄せる。今までの暢気《のんき》な調子が消えて、眼に真剣な光が宿った。

「汚い格好はしているが、磨けば光る上玉と見ました」

冷たい眼差《まなざ》しで、宅兵衛は言った。

「知り合いの女衒《ぜげん》の所へ連れて行って、値踏みさせましょう」

女衒とは、人買いのことだ。美しい娘を探し出して、親たちを騙して金を渡し、遊廓や岡場所に売るという稼業である。

「ああ、ご心配なく。わたくしどもは、堅気の商人でございますから。売値が四十三両と一分を超えたら、その差額の分は旦那にお渡し致します」

肩越しに男の方を向いて、

「猪松《いのまつ》。その女を連れて行きなさい」

「へい、番頭さん」

猪松と呼ばれた男は、のっそりと野良着の女の方へ向かった。

女は怯《おび》えた表情で、源四郎の背後に隠れる。未だに一言も喋らないが、源四郎が味方であることだけは理解しているようであった。

「おい、待て」

源四郎が、そいつの肩を左手で掴んだ。背丈は源四郎と同じくらいだが、猪松の肩の筋肉は分厚く盛り上がっている。

「阿《あ》漕《こぎ》なことをするな。この女人は俺の付けとは関係ないし、そもそも売り物ではないぞ」

「ふん……」

猪松は薄ら笑いを浮かべて、源四郎の顔を見た。

そして、ひょいっと右手で源四郎の左の手首を掴んだ。同時に、左手の掌《てのひら》を源四郎の大刀の柄頭《つかがしら》に当てて押さえつける。

猪松は、源四郎の左手首を捻《ひね》りながら、自分の肩から引《ひ》き剝《は》がした。かなりの握力であった。

「どうだ、お侍。このまま捩《ねじ》って、腕を折ってやろうか。ん？」

鼠《ねずみ》をいたぶる猫のような残忍な表情になって、猪松は言った。

「……おい」

源四郎は噛みしめた歯の間から押し出すような声で、言った。

「人を痛めつけるのが、そんなに面白いか」

「ああ、気にくわない奴を痛めつけるのは本当に面白《おもしれ》えな。それがどうかしたのか」

猪松は嘲笑《ちょうしょう》する。源四郎が泣き言を洩らしたと思ったのだろう。

が、次の瞬間、源四郎が右手で持っている大刀の柄頭が、猪松の喉を直撃した。

源四郎は、一旦は大刀を後ろへ引いて猪松の手を外し、それから反動をつけて彼の喉を鋭く突いたのだった。

「げ、ぼァっ！」

濁った悲鳴を上げて、猪松は仰《の》けぞった。苦しさのあまり、源四郎の左手首も放してしまう。

源四郎は、大刀を野良着の女の方へ放り投げた。

「っ？」

女は反射的に、それを両手で受け止める。

そして、源四郎は、右手で猪松の襟元《えりもと》を摑んだ。左手で彼の右腕を摑むと、背負い投げで軽々と猪松を投げ飛ばす。

「わっ」

「うひゃあっ」

猪松の軀を胸で受け止める格好になった宅兵衛は、絡み合うようにして式台《しきだい》へ転げ落ちた。

金剛流剣術と並行して、真伝鬼倒流柔術《しんでんきとうりゆうじゆうじゆつ》の修業もしていた源四郎なのである。猪松のように腕力だけが自慢の無法者を投げ飛ばすくらい、朝飯前であった。

「いかに付けの取り立てとはいえ、人さらいの真似までするとは、何事だ。それでも堅気の商人かっ」

源四郎は怒鳴りつけた。彼は、女子供を苛《いじ》める奴が一番、嫌いなのである。

「ひ、ひえぇ……」

重い猪松の下敷になった宅兵衛は、亀の子みたいに手足をじたばたさせた。

「付けは必ず、払ってやる。俺が本気で怒って、首と胴が生き別れにならぬうちに、さっさと帰れっ！」

「お、お助けぇ〜〜〜っ」

震え上がった宅兵衛と猪松は、這々《ほうほう》の体《てい》で逃げ出した。

源四郎は、それを見送ってから、

「すまんな」

眼を丸くしている女から、大刀を受け取った。

「――何の騒ぎかね、殿様」

今頃になって奥から出て来たのは、十代後半の小柄な若者であった。

旗本の奉公人なのに、月代《さかやき》を剃らず、雀《すずめ》の巣のように髪をぼさぼさにしている。

伸ばし放題の乱れた前髪が、日焼けした顔の半ばまでかかっていた。

瘦せっぽっちで、筒袖の着物の裾《すそ》を臀端《しりつぱしよ》折りにしていた。黒い腹掛けをして、藍色《あいいろ》の川並《かわなみ》を穿《は》いている。

昨年の春からこの藤堂屋敷に奉公している。春吉であった。

「おお、春吉か。行儀を知らぬ取り立て屋に、丁重にお引き取りいただいたところだ」

「そりゃあ、向こうも災難だったね」

旗本らしからぬ主人の奇行に慣れっこなのか、驚きもせずに下男の春吉は言った。

「風呂を沸かしてくれ。俺ではない、この女人が入るのだ。納戸から母上の着物を出して、着てもらうがいい」

「はあ……」

春吉は、ぼんやりと女を見て、

「どちら様かね」

「氏素性《うじすじよう》はわからん。何を尋ねても返事をしてくれぬのでな。ちょっとした成行で、連れて来た」

源四郎は、ごく大雑把《おおざっぱ》に説明する。

「何とお呼びすれば、いいだかね」

「そうだなあ……よし、物言わぬ女人だから、梔子殿《くちなしどの》と呼ぼう。品のある佇まいが、ぴったりだ」

その源四郎の言葉を聞いて、野良着の女は羞《はず》かしそうに目を伏せた。

梔子は、夏場に香りの良い白い六弁の花を咲かせる。

「で、殿様。付けは必ず払ってやる——とか威勢のいいことを言っていたようだが、叔父上様からお金は借りられましたかね」

「うむ……それが生憎《あいにく》と、叔父上は他出《たしゆつ》されていてなあ」

源四郎は声を落とした。

「一刻半ほど待たせてもらったが、ついに、戻らなかったのだ。空茶の飲み過ぎで腹は溜池《ためいけ》のようになるし、叔母上には底意地の悪い目で睨まれるし、往生したよ」

挙げ句の果てに、梔子殿の着物のための二分と駕籠代などで、さらに懐が寂しくなったのだが、本人を目の前にしてそんなことは言えない。

「つまり、お金は借りられなかったわけだね」

「平たく言えば、そうだ」

「平たく言っても凸凹《でこぼこ》に言っても、同じだよ」

主人が相手なのに、春吉の口調はなかなか辛辣《しんらつ》である。

「殿様。稲城屋の付けなんか踏み倒しちまえばいいが、この屋敷の米も味噌も薪《たきぎ》もあと三日も持たねえことは、ご存じですだね」

「わかっておる」

源四郎は渋い表情になった。

実は、恥を忍んで橘屋のお沢にも料理茶屋へ呼び出しをかけたのだが、断りの文《ふみ》さえ寄こさなかった。

大店《おおだな》の女主人としては、旗本から浪人に堕《お》ちてしまう源四郎に、付きまとわれたくないのだろう。

金貸しには相手にされないし、お沢も駄目、叔父も駄目となると、源四郎としては、もう金を借りる当てはない。

「このまんまだと、おらたち二人…いや、三人は屋敷から追い出される前に、日干しになっちまうんだが」

「案ずるな、俺にも心積もりがある。起死回生の策がな」

厳めしい顔になって、源四郎は胸を張る。

「ほほう」春吉は顔を突き出した。

「是非とも聞かせてもらいましょうかね、その心積もりってやつを」

「まずはな」

重々しく、源四郎は言った。

「――今から寝るんだ」

第二章　女壺振《おんなつぼふ》りの女壺《によつぼ》

一

女は、左の膝を立てている。だから、片滝縞《かたたきじま》の着物の裾前《すそまえ》が割れて、内腿《うちもも》まで見えていた。

女盛《おんなざか》りのぬめるように白い内腿が、実に色っぽい。

「入ります」

そう言ってお紋《もん》という女は、左手の指に挟んでいた二つの賽子《さいころ》を、右手で持っていた壺皿の中へ放りこんだ。その壺皿を、ぱしっと小気味よい音を立てて、白布を敷いた盆茣蓙《ぼんござ》に伏せる。

一幅《いっぷく》の画のように、ぴたりと動作が決まった。女壺振りのお紋、見事な腕前であった。

「さあ、張った、張ったっ」

賭場《どば》の進行役である中盆《なかぼん》が、賭け客たちに駒札を張るように促した。

亥《い》の中刻《ちゅうこく》——午後十一時過ぎ。そこは、上野の外れにある桂仙寺《けいせんじ》の本堂であった。

御本尊の阿弥陀如来像が見守る前で、大勢の客を集めて堂々と博奕《ばくち》が行われているのだ。

無住の荒れ寺ではなく、ちゃんと住職のいる寺であった。その住職の法真和尚《ほうしんおしょう》は、奥で般若湯《はんにゃとう》という名目の酒をくらっている。

公許の富籤《とみくじ》などを除いて、賭博《とばく》は違法行為であり、町奉行所は賭場の摘発を行っていた。

しかし、寺社地と武家屋敷の中で開かれた賭場は、摘発できない。寺社地は寺社奉行の管轄であり、旗本屋敷は目付の、大名屋敷は大目付の管轄だからだ。

だから、やくざの親分たちは、生臭坊主を金で抱きこんで寺の中で賭場を開いていた。

この桂仙寺の法真和尚も、賭場の揚がりから歩合をもらうという条件で、博徒に本堂を提供していたのだった。

本堂の四方は開け放してあるが、人いきれと勝負の熱気が、賭場に充満している。

「半っ」

正座した藤堂源四郎は、半方に駒札を置いた。藍色《あいいろ》の地に亀甲花文《きっこうかもん》の柄の着流し姿で、腰には脇差だけを差している。

深夜だが、陽が沈むまで寝ていたので、源四郎は気力も体力も充実していた。

賽子の目は一から六まで、二個の賽子の目の合計が奇数なら半、偶数なら丁である。

「はい。丁半、駒が揃いました」

中盆が告げた。

「壺っ」

その声に応じて、お紋の右手が、しゅっと小気味の良い音を立てて壺皿を開く。

賽子の出目《でめ》は、四と五であった。

「四五《シグ》の半っ」

源四郎の勝ちであった。中盆は駒札を集めて、半方に賭けた客に勝ち分の駒札を配る。

（やれやれ……これで、屋敷を追い出された後も、どこかの橋の下で暮らさないですみそうだな）

源四郎は、そっと溜息《ためいき》をついた。

書画骨董《しょがこっとう》の類《たぐい》はみんな放蕩《ほうとう》の費用に化けていて、最後に残ったのが、父の形見の銀煙管《ぎんぎせる》であった。

蜻蛉《とんぼ》の群れを彫った精密なもので、生前に父が「捨て値でも二十両はする」と自慢していた品である。

湯島の質屋では足元を見られて、銀煙管は、たったの三両にしかならなかった。

だが、それを軍資金として、源四郎は、博奕で稼ぐことにした。

前から、上野の桂仙寺の賭場は賑わっていると聞いていたので、今夜、三枚の小判を握りしめてやって来たのだ。

源四郎は博奕が好きだが、勝負に強いわけではない。

しかし、乾坤一擲《けんこんいってき》の勝負という彼の気魄《きはく》が運を呼びこんだのか、この時点で、源四郎は勝っていた。三十両の駒札が、彼の前に積まれている。

三十両あれば、銀煙管を質屋から請け出しても、当座の生活費には困らない。何か小商いを始めることも、可能だろう。

稲城屋の付《つ》けのことは、今、考えても仕方がない。

（これで五十両とまとまれば、小さな居酒屋くらいは開けるのではないかな。春吉は手先が器用だから、板前の真似事くらいは務まりそうだ。看板娘は……梔子殿には無理だろうから、見目形《みめかたち》の美《よ》い小女《こおんな》を雇うことだな。ところで、居酒屋の主《あるじ》というのは、何をすれば良いのだろう……）

取らぬ狸《たぬき》の皮算用をしている源四郎を見て、正面にいるお紋は、にんまりと微笑《ほほえ》んだ。

「お武家様。今夜はついているようですね」

「うむ。弁天様のような美人が壺を振ってくれているからだろう」

「まあ、お口がお上手だこと」

嬉しげに口元に手を当てたお紋は、二十五、六と見えた。

女は十二歳までが〈少女〉、十三から十八までが〈娘〉、十九歳以上が〈女〉と区別されて、十代半ばで嫁に行くことが常識の時代だから、二十代半ばでは気の毒なことに〈年増《としま》〉と呼ばれてしまう。

輪なし天神と呼ばれる髪型の変形で、前髪を真ん中から割り、その房を眉尾《まゆび》の脇に垂らしていた。前割り天神という粋筋《いきすじ》に人気のある髪型である。

眉も目も細く、いかにも婀娜《あだ》っぽい。口は大きめで、ふっくらとした唇が好色そうであった。

いかさまをしていないという証《あか》しに、お紋は、諸肌脱《もろはだぬ》ぎになっている。胸には白い晒《さら》し布《ぬの》を巻いているが、豊かな胸乳《むなぢ》が晒しから飛び出しそうだ。

片膝立ちなので、時々、内腿の奥が見えそうになってしまう。肌襦袢《はだじゅばん》は薄桃色で、下裳《したも》は緋色《ひいろ》である。

お紋の白い肌が汗で湿っている様子が、さらに艶《なま》めかしい。

渡世内《とせいない》では、〈九尾《きゅうび》のお紋〉で通っているという。背中に、九尾の狐《きつね》の彫物があるからだ。

「褒められついでに、あたしと差しの勝負をしてもらえませんか。その駒札全部を、寺銭《てらせん》なしで」

差しの勝負とは、一対一の賭けのことだ。寺銭とは賭場の胴元が徴収する場所代のことで、一勝負につき賭け金の一割が相場である。

だが、この女壺振りは、寺銭なしの勝負と言った。つまり、勝った方が六十両を丸ごと取るということだ。

「む……よかろう」

源四郎はうなずいた。勝てば六十両で、居酒屋の主人の座が手に入る。

「お客さん方、お聞きの通りです。ご異存は、ございませんね」

中盆が、形式的にではあるが、他の客の了解を取った。

「それでは、賽子を改めて」

中盆が、源四郎の前に二つの賽子と籐《とう》を編んだ壺皿を置いた。

源四郎は、それらを手にとって調べる。

「問題はないようだ」

賽子と壺皿を、源四郎は、お紋の方へ押しやった。

「では——」

お紋は右手で壺皿を、左手で賽子を取った。そして、顔の両側に構える。

本堂の中が、しーんと静まりかえった。

「入ります」

そう言ってから、お紋は、二つの賽子を壺皿に放りこんだ。そのまま、素早く盆茣蓙に伏せる。

「旦那、どうぞ——」

左右の掌《てのひら》を開いて、お紋は言った。

「ううむ……」

源四郎は、壺皿を凝視した。さすがに、心の臓の鼓動が早まっている。

半と丁は確率は同じではない。一から六まである賽子の目の二つの合計だから、偶数の丁目は十二通り、奇数の半目は九通りになる。

（さっきは半、その前も半だった……流れでいけば、次は丁か……いや、いやいや、半目の流れは、まだ続いているかも知れん……）

源四郎の額に、珠《たま》のような汗が滲み出してきた。心は千々《ちぢ》に乱れている。

（ここは手堅く、半……いや、堅いというなら丁か……だが、しかし……）

「旦那、張ってくだせえっ」

いつまでも迷っている源四郎に、中盆が言った。その声に背中を押されたように、

「よし、半だっ」

源四郎は、全ての駒札を差し出した。必然的に、お紋は丁ということになる。

「よござんすねっ」

中盆は、形式通りに念を押してから、

「壺っ」

お紋は、しゅっと壺皿を開いた。本堂の全ての人間の目が、二つの賽子に集中する。

賽子の出目は、一と一。

「一一《ピンゾロ》の丁！」

中盆の宣告に、見物していた賭け客が、どっと沸いた。

「いやあ、堪能させてもらいました」

「わしでも、今のは半に賭けたよ。流れは半だったものな」

「俺なら、丁目に張るね。大勝負の時には、流れに逆張りするのが本当さ」

「実に良い勝負でしたねえ。目の保養になりましたよ」

他人は目の保養になったかも知れないが、源四郎の方は、断崖から千尋《せんじん》の谷底へ突き落とされたような気分であった。

ほんの少し前まで、彼の前には三十枚の小判に換金できる駒札が積み上げられていた。

ところが、今は、その駒札が一枚もないのである。駒札が一枚もないということは、金が一文も手に入らないということだ。

「勝負は時の運でござんすよ、お武家様」

お紋は着物に肌を入れると、立ち上がって庫裡《くり》の方へ去る。

「――旦那」

まだ呆然《ぼうぜん》としている源四郎に、雑用係の若い衆が声をかけた。

「まあ、あちらで休んでくだせえ」

本堂の一角には、茶、稲荷寿司、酒、肴《さかな》、煙草盆《たばこぼん》などの用意がしてある。賭け客は、それらを自由に飲み喰いできるのだ。

若い衆は、その飲食を源四郎に勧めたのである。一文無しになった奴に盆茣蓙の前に座っていられても、他の客の迷惑になるだけなのだ。

「風に当たって来る……」

ふらふらと立ち上がった源四郎は、本堂の昇降段を下りる。下足番の若い衆が、気を利かして彼の草履《ぞうり》を出してくれた。

その草履を引っかけた源四郎は、石灯籠《いしどうろう》の明かりに照らされた深夜の庭を、力のない足取りで彷徨《さまよ》う。まるで、雲を踏むような感覚であった。

(六十両を手にして居酒屋の主になるはずだったのに……いや、それ以前に、大切な形見を受け出せないとは、黄泉《よみ》の父上に申し訳ない……それにしても、明日からどうすれば……)

居酒屋の主人よりも、橋の下の住人に近づいてしまった源四郎である。夜風が肌に心地よいが、そんなことに気づく余裕は、源四郎にはなかった。

(春吉に、また怒られるなあ……)

そんな風に、ぼんやり考えていた源四郎の耳に、

「いやっ、やめてっ」

女の声が飛びこんで来た。

二

見ると、閉めきった庫裡の障子に、男女の争う影法師が映っている。

「青龍《せいりゅう》の親分、あたしゃ言われた通りに鴨《かも》を料理して、大金を巻き上げたじゃありませんか。堪忍してっ」

「じたばたするねえ」

中年男の濁声《だみごえ》がした。

「そのご苦労賃にだな、男嫌いだと評判のお前に、この哲吾郎《てつごろう》様が本物の男の味を教えてやろうってんだ。ひィひィと悦《よ》がり哭《な》きを、させてやるぜ」

「ちきしょう、誰がお前なんかに……獣物《けだもの》ォっ」

　そこまで聞いた源四郎は、草履履きのまま濡れ縁に駆け上がって、さっと障子戸を開けた。

「無法な真似は、よせっ」

　そう一喝《いっかつ》した源四郎は、あっと驚いた。

　肉達磨《にくだるま》のように肥え太った男に組み敷かれて、着物の前がはだけているのは、お紋は、右の乳房が剝《む》き出《だ》しになり、下腹部の濃い翳《かげ》りまでが見えていた。

女壺振りのお紋ではないか。

「何だ、てめえは。俺を青龍の哲吾郎と知ってのことかっ」

　女壺振りを押さえつけたまま、肉達磨の哲吾郎は吠えた。

「お前が、この賭場の胴元か。いくら裏街道を行く無職渡世《ぶしょくとせい》のやくざでも、人から親分と呼ばれるほどの者が、女を無理矢理に手籠《てごめ》にして恥ずかしくないのか」

「やかましい、ド三一《サンピン》がっ」

　哲吾郎は喚《わめ》いた。

　三一とは〈三両一人扶持《いちにんぶち》〉の略で、武士としては最下級の俸禄のことだ。その頭にドをつけると、武士に対する最も痛烈な罵倒になる。

そして、哲吾郎は、脇に置いてある長脇差《ながどす》に左手を伸ばした。

その右肩を、源四郎は蹴った。哲吾郎の巨体は勢いよく吹っ飛び、襖《ふすま》を倒して隣の座敷へ転げこんだ。

「痛《い》てて……」

哲吾郎は、だらしなく呻《うめ》いて、立ち上がることができない。

「おい、立てっ」

源四郎は、お紋を引き起こした。

「逃げるんだ、早くっ」

「は、はいっ」

あわてて身繕《みづくろ》いをしたお紋と源四郎は、座敷から飛び出した。お紋は、沓脱石《くつぬぎいし》に置いた自分の草履を引っかける。

「どうしやした、親分っ」

「大丈夫ですかっ」

本堂の方から、どやどやと若い衆たちが駆けつけて来る足音がした。

「こっちだっ」

源四郎は左手でお紋の手を引いて、裏門の方へ走る。

「何だ、てめえはっ」

裏門の脇から、見張り役らしい二人のやくざが飛び出して来た。

「あ、お紋じゃねえかっ」

「親分が今夜、ものにすると言ってたのに……この三一は、てめえの情夫《いろ》かよっ」

二人は、懐《ふところ》に手を入れた。匕首《あいくち》を抜こうというのだ。

源四郎は、「退《の》けっ」と言う暇も惜しかった。後ろからも、追っ手が迫りつつある。

「えいっ」

いきなり、右の鉄拳を左側の奴の顔面に叩きこむ。濁った悲鳴とともに、そいつの顔は熟れすぎた柿の実のようになって、ぶっ倒れた。

その時には、源四郎の右の手刀《しゆとう》が、右側の奴の首の付根に叩きこまれている。

その男も、低く呻いて小芥子《こけし》より簡単に倒れた。

二人とも倒れたまま、ぴくりとも動かない。四半刻《しはんとき》――三十分くらいは、意識が戻らないだろう。

着流しの裾を絡げた源四郎は、しゃがみこむと「乗れっ」と命じた。

「え……でも、そんな……」

お紋が逡巡すると、

「お前の手を引いていては、逃げられぬ。早くしろ、臀《しり》を叩かれたいのかっ」

「はい、はいっ」

なぜか嬉しそうな声になって、お紋は、男の広い背中に負ぶさった。

「よし、しっかり摑まっていろよっ」

立ち上がった源四郎は、人間一人の重さなど感じないかのような迅さで、夜の道を駆け出した。

男の首に両腕をまわしたお紋は、頰を火照《ほて》らせて、ほぉ――……と熱い溜息をつく。

三

「いかさま……だと？」

藤堂源四郎は啞然《あぜん》として、お紋の顔を見た。盃《さかずき》を持った右手が、宙に浮いている。

「し、しかし……俺は、あの勝負の前に賽子も壺皿も改めたが、何の仕掛けもなかったぞ」

「いえ、お殿様。あの壺皿は、特別な握り方をすると小さな隙間《すきま》ができるように細工してあるんですよ」

自分の盃に酒を注ぎながら、お紋は説明した。

源四郎が自分は家禄七百二十石の中堅旗本だと明かしたので、お紋は、彼を「お殿様」と呼んだのである。開けっぴろげな性格の源四郎は、その殿様稼業が今月いっぱいだということも、隠さずに話した。

「だから、壺皿を開ける前に、あたしは隙間から出目を確かめられるの。あの時の出目は、四一《シッピン》の半でした。つまり、本当はお武家様の勝ちだったんです」

「それをどうやって、一一にしたのだ」

「開ける時に、壺皿の端を四の目の賽子に引っかけて転がしたんです。それで、四が一になったわけ」

「ふ――む……知らなかった、そんなことができるとは」

源四郎は盃を干して、しきりに感心する。十年以上博奕をやってきたのに、そういう裏知識には全く不案内な源四郎であった。

二人がいるのは、東叡山寛永寺《とうえいざんかんえいじ》の麓、不忍池《しのばずのいけ》の畔《ほとり》にある出合茶屋であった。

出合茶屋とは男女の密会の場で、現代で言うラブホテルのような存在である。

桂仙寺から脱出した二人は、とりあえず、上野の寺社密集地帯を通り抜けて、不忍池までやって来たのだった。哲吾郎の乾分《こぶん》たちは、何とか撒いたようである。

出窓の障子は開け放してあり、夜の水面《みなも》に白く咲いている蓮《はす》の花が見えた。

二人が飲んでいるのは六畳の座敷で、隣に同じ広さの寝間があり、すでに夜具が敷いてある。

「ごめんなさい、本当に」

お紋はしおらしく、頭を下げる。

「あの勝負の前、途中の休憩の時に、哲吾郎親分からお殿様の金を巻き上げろって命令されてたんです」

「言う通りにしたのに、その上、そなたの操《みさお》まで奪おうとするとは、哲吾郎という奴は本当に悪党だな」

「ええ。青龍の哲吾郎なんて勇ましい渡世名《ふたつな》で呼ばれて、下谷一帯を縄張りにしているくせに、いやらしくて…」

「そういえば、青龍一家というやくざがいるというのは聞いたことがある」

「ええ。あの桂仙寺は、青龍一家の常盆なんです」

常盆とは、定期的に開かれている賭場のことだ。

「そうか、妙な一日だなあ」

昼間は、あの全裸の梔子殿を追いかけていた五人の侍を撃退し、夜になったら、青龍一家というやくざ者から女壺振りを救う――藤堂源四郎は一日の内に、悪党どもから二度も女を助けたのだから、面白い偶然もあるものだ。

「妙な一日って、何のこと？」

「いや……何でもない」

盃を膳に戻した源四郎は、腕組みをして、

（いかさまだと判明しても、親分を蹴飛ばして青龍一家を完全に敵にまわしたのだから、今さら、六十両を払えと談判に行くのは無理だろうなあ。さて、いよいよ万策尽きた。こうなったら、刀でも売り払うしかないか……）

「あら、お殿様。心配しなくても、いいんですよ」

難しい顔で酒肴《しゅこう》の膳を睨んでいる源四郎を見て、お紋が微笑した。

「懐がお寂しいんでしょう。失礼ながら、ここの勘定は、あたしが持たせてもらいますから」

「あ、いや……そういうことを考えていたわけでは……まあ、だが、それは助かる。馳走になるぞ、お紋」

源四郎は軽く頭を下げた。

「厭《いや》だったら、こんな女に頭なんか下げちゃあ。助けていただいたのは、こっちなんですから」

片手を振ったお紋は、表情を改めて、

「お殿様。見ていただきたいものがありますの」

「何だね」

「ふふ……待っていてくださいね」

立ち上がったお紋は、襖を開いて、寝間へ入った。

そして、するすると手早く帯を解く。片滝縞の着物も薄桃色の肌襦袢も、肩から滑り落とした。

胸に巻いた白い晒し布も解く。さらに、腰を覆っている緋色の下裳《したも》も取り去った。

一糸《いっし》纏《まと》わぬ裸体になると、お紋は襖の蔭から出て、源四郎に背を向けて立つ。

骨細の体型だが、乳房は大きく、臀の双丘《そうきゅう》は丸く盛り上がっていた。

「ほほう……」

全裸の美女の背中を見て、源四郎は思わず、感嘆の声を洩らした。

九尾の狐の見事な彫物である。

臀の割れ目の上に、髑髏《どくろ》を咥《くわ》えた狐の頭部があり、軀《からだ》をくねらせて、右の肩胛《けんこう》骨《こつ》のあたりに九つに分かれた尾が広がっていた。

力強い迫力のあるポーズで、妖しい雰囲気があり、しかも、エロティックな彫物であった。

「やくざ渡世は男の世界。腕力では男にかなわない女は、どうしても舐められてしまいます。だから、こんな彫物を背負って、男どもに睨みを利かせるんですよ」

「大したものだ。それだけの彫物を完成させるのは、苦労だったろうな。いや、目の保養になったよ」

素直に賞賛する源四郎であった。

「お殿様、さっきの言葉をお忘れですか」

色っぽい声で、肩越しに振り向いたお紋が言う。

「さっきの言葉……？」

「早くしろ、臀を叩かれたいのか――そう仰《おつしや》ったじゃありませんか」

お紋は畳に膝をついた。そして、四《よ》ん這《ば》いになって源四郎の方へ丸い臀を突き出す。

「ねえ、存分に叩いてくださいな」

女壺振りの声は濡れていた。

臀の割れ目の奥に、茶色っぽい排泄孔《はいせつこう》が見えた。その下の方に、暗赤色の女華が見えている。女華を飾る恥毛は濃く、黒々としていた。

「いや、いや。あれは、言葉の綾《あや》というものだ」

源四郎は困惑したような顔で、

「俺は生まれて此《こ》の方《かた》、女人に手を上げたことは一度もない」

「違うんです、あたし、お殿様にぶって欲しいの」

「はあ?」

何が何だかわからない、源四郎である。

「お願い。まずは、こちらにいらして」

「む……うむ」

立ち上がった源四郎は、犬這いになったお紋の左側に片膝をついた。

「泣嬉女《なきめ》ってご存じですか」

「いや、知らぬが」

「泣いて嬉しがる女——と書きます。世の中には、男の人にぶたれたり抓《つね》られたり蹴られたりすると、それだけで気が逝《い》ってしまう女がいるんですよ。それが、泣嬉女です」

現代の言葉にすると、被虐嗜好者《マゾヒスト》ということだろう。

「あたし、その泣嬉女なんです」

「ほう……」

いきなり性愛道の深淵を覗きこんだような気分で、源四郎は、間抜けな相槌《あいづち》を打つことしかできない。

「小さい時から……好きな相手に苛《いじ》められたり叩かれたりすると、あたし、ぞくぞくしたわ。あそこも濡れてくるの。嫌いな奴には、指一本触れられるのだって、お断りだけど……惚れた相手なら、どんなに痛めつけられても嬉しいだけなの」

自分を哲吾郎の毒牙から救ってくれた源四郎に、お紋が一目惚れしたのは、女として当然であろう。

その源四郎に「臀を叩くぞ」と言われた時には、泣嬉女のお紋は、体中に歓喜の漣《さざなみ》が走ったような気持ちになったのであった。

「肌に手のこんだ彫物を入れている女は、大抵、泣嬉女なんです。そうでなければ、長い間、あの針で刺される痛みに耐えられないはず」

お紋は切なげに、

「だから、お殿様、叩いて。淫《みだ》らな泣嬉女にお仕置をして」

「この臀をなあ」

まだ釈然としない源四郎は、右手でゆっくりと女の臀を撫でまわした。無頼の暮らしの女ではあるが、肌は荒れておらず、張りもある。

「ええと、こうか」

少しまごつきながら、源四郎は、臀の真ん中を平手打ちにした。

鈍い音がして、ぷるぷると臀肉が揺れ、お紋が甘い悲鳴を上げる。乳房も揺れていた。

「ああ……お殿様。今度は真ん中じゃなくて、臀の片方を打ってくださいな。掌で包みこむようにして」

「ふうむ……このように、か」

源四郎は、右の臀丘《でんきゅう》を掌で叩く。ぴしっと小気味の良い音がした。赤い手形が浮かび上がる。

「そう、そうよっ」お紋は叫んだ。

「そんな風に、ぶってっ」

「うん。何だか、骨通《こつ》がわかったような気がするぞ」

二つの曲面で形成された臀は、平らな掌で真ん中を叩いても、上手い具合には当たらない。だから打撃音も鈍くなる。

だが、片方の臀丘を、その曲面に合わせて掌で包みこむようにして打つと、ぴったりするのであった。

「では、こっちもだ」

左の臀丘を、源四郎は掌で打った。今度は、手首の返しを充分に利かせてである。

すぱーんっ、と紙風船が破裂したような甲高《かんだか》い音がした。

「ひいイィっ」

お紋は、背中を弓なりに反らせた。乳房が激しく揺れる。左の臀は真っ赤になっていた。

「あ、すまん。大丈夫か。少し、強すぎたかな」

源四郎は、あわてた。

「い……いいえ……いいんです」

荒い息をつきながら、お紋は、うっとりとした口調で言う。

「今のは素敵……一瞬、気が遠くなっちまいましたよ」

「そうなのか」

源四郎は、お紋の丸い臀を撫で下ろすと、股間を指で探る。女の花園は、濡れていた。

接吻《せっぷん》したわけでも、愛撫をしたわけでもない。平手打ちを臀に三発見舞っただけなのに、しとどに濡れそぼっていたのである。

「なるほど……本当に、痛みが快感になるのだな。女体とは、つくづく不可思議なものよ」

感心したという風に、源四郎は女華をまさぐりながら、犬這いの彫物女を見つめた。

すると、お紋が左手を伸ばして、源四郎の下帯に包まれたものを撫でる。それは、いつの間にか、下帯を突き破りそうなほど硬く膨れ上がっていた。

「嬉しい……あたしのお臀を叩きながら、その気になってくれたのね……しかも、何て立派なんでしょう」

お紋は喘《あえ》ぎながら、言った。

「ね、抱いて、お殿様。淫乱な牝犬《めすいぬ》を犯すように、後ろから荒々しく、ぶちこんでくださいな」

「よし、よし」

源四郎は、お紋の背後に位置した。片膝立ちの姿勢で、帯を解いて着物の前を広げる。

下帯を取り去ると、逞《たくま》しい肉根が剝き出しになった。

巨根である。長さも太さも、普通の男性の二倍もあった。

玉冠部《ぎょくかんぶ》は縁《ふち》が開いて、その下のくびれとの落差が著《いちじる》しい。いわゆる〈雁高《かりだか》〉であった。

十八の時から年上の女に可愛がられていたせいか、全体が淫水焼けして、どす黒い。

その茎部には、縄でも貼り付けたかのように、太い血管が浮かび上がっていた。

天を指して屹立《きつりつ》している肉根の茎部を、源四郎は右手で摑む。その丸々と膨れ上がった先端を、愛汁《あいじゅう》まみれの暗赤色の花園に密着させた。

そのまま、体重をかけて一気に女唇を貫く。

「──アァァっ」

絶叫とともに、背骨が折れるのではないかと思われるほど、お紋は大きく仰《の》けぞった。

その時には、長大な男根の根元まで、女壺に深々と突き刺さっている。

「す……凄い……こんな巨《おお》きなお珍々…初めて…」

畳に爪を立てて、お紋は切れ切れに言った。

「いっぱい……あたしの秘女子が…いっぱいになってる……裂けてしまいそう」

秘女子──HIMEKOは、女性器を指す代表的な淫語である。

玉門──GYOKUMON、御満子──OMANKO、愛女処──MEMEJO、火戸──HOTOなど様々な呼称があった。

「どうする、抜いた方が良いかな」

心配した源四郎が尋ねると、お紋は、かぶりを振った。

「抜かないで、抜いちゃ厭《いや》っ」

お紋は叫んだ。

「裂けてもいいから、突いて……突きまくってぇっ」

「う、うむ」

源四郎は、赤く腫れた臀の双丘を両手で摑んだ。そして、黒光りする男根の抽送《ちゅうそう》を開始した。

玉冠部の下のくびれのところまで後退すると、花孔の内部粘膜が裏返しになって外に露出する。

前進させて根元まで花孔に没入すると、奥の院に突き当たった。

源四郎は腰の発条《ばね》を活かして、同じリズムで力まかせに突いて、突いて、突きまくった。

溢れるほど大量に分泌された女の花蜜が、巨根にこねくりまわされて白く泡立ち、ぬちゅっ、ぬちゃっ、ぬちゅっ……と卑猥な音を立てていた。

「あぐ…あぐっ……し、死ぬ…死んじゃう……んあァァっ」

お紋は汗まみれで、乱れた。

意味不明の叫びを発しながら、貪欲に臀を振る。背中が紅潮して、白い狐の彫物が鮮やかに浮かび上がった。

女壺振りの女壺の味わいは、絶妙である。源四郎は、己《おの》れの内圧が高まっていくのを感じた。

「お紋……行くぞっ」

源四郎は、さらに力強く責める。それにつれて、

「ひっ…ひっ、ひィっ……ひァァァっ」

お紋の悦声《よがりごえ》も、さらに獣じみたものになった。

ついに、源四郎の男が爆発した。

女壺の奥に、怒濤のように灼熱の溶岩流を放つ。白い溶岩流は、奥の院に叩きつけられて、逆流した。

ほぼ同時に、お紋も達した。全身を突っ張らせて、花孔の内襞《うちひだ》を痙攣《けいれん》させる。

そして、両足を伸ばして、お紋は畳の上に腹這いになった。結合したまま、源四郎は、汗で濡れた女の背に覆いかぶさる。

肉根は硬度を失って、柔らかくなっていた。

「……重いか」

「いいの、惚れた男の重みだもの……潰されても本望よ」

お紋は掠《かす》れ声で言ってから、小さく含み笑いをした。

「どうした、何を笑う？」

「抱いてもらって……お殿様のことが色々とわかったのが、嬉しかったの」

「ほう。俺のどんなことが、わかったのだ」

「そうね。たとえば……お殿様の筆下ろしの相手は、年増女でしょ」

「よくわかったなあ」

源四郎は、ちょっと驚いた。

筆下ろしとは、童貞の男が初めて女体を識《し》ることを言う。女の場合は、「新鉢《あらばち》を割る」と言った。

「うちの屋敷で祝い事があった時、台所の加勢に来た女がいてな。お峰という女で、三十半ばだったたか。そのお峰が、手取り足取り、女のことを教えてくれたのだ。俺が十八の時だよ」

「その後も、商売女でも堅気の女でも、お殿様が相手なさるのは年増が多かったんじゃありませんか」

「その通りだ。なぜか、俺は若い娘が苦手でな。だが、どうしてわかったんだ」

不思議そうな顔になる源四郎だ。

「それは後で、ゆっくりお話しします」

お紋は、艶《つや》っぽく微笑した。それから、真顔になって、

「一休みしたら、お殿様。この店を出ましょう。今、気がついたんですけど……あたしたちを追っかけている青龍一家の連中は、上野一帯の店を探しまわってる

はずです。そして、上野で見つからなかったら、不忍池の出合茶屋に目をつけるでしょう」

「そうか……で、そなたは帰る家があるのか」

「馬喰町《ばくろちょう》にあたしの定宿がありますが、そこは、青龍一家に知られています。だから──」

お紋は、源四郎の目を覗きこんで言った。

「お殿様の御屋敷に、お世話になることにします」

第三章　貧乏長屋の乙女

一

「――殿様。お前様は一体全体、何を考えているだかね」

下男《げなん》の春吉は、厳しい口調で言った。

「この屋敷は、いつから木賃宿《きちんやど》になったのかね。猫の子じゃあるまいし、出かけるたびに気軽に女子《おなご》を拾ってくるのはどういう了見なのか、とっくりと聞かせてもらいてえだ」

神保小路の藤堂家の屋敷――その玄関の間である。

未明に、女壺振《おんなつぼふ》り・九尾のお紋を連れ帰った藤堂源四郎に、春吉が説教をしているのだった。

「いや、それは成行《なりゆき》で……」

源四郎としては、賭場《どば》の勝ち金を持ち帰れなかったので、弁解の仕様がない。

「成行も奈良漬けもあるもんか。三人でも干上がりそうな貧乏所帯に、四人目を連れて来て、どうするつもりだね」

「まあまあ、兄さん」

お紋が柔らかな口調で、間に入った。

「そんなにぽんぽん責めたら、お殿様が気の毒じゃありませんか。無理について来た、あたしが悪いんです。何も押しかけ嫁に来たわけじゃないんだから、機嫌を直して」

そう言いながら、紙に包んだものを春吉の前に置く。

「これはね、お世話になるお礼。些少《さしょう》ですけど、あたしの全財産ですから、納めてくださいな」

「……………」

春吉は無言で、紙包みを開いた。金色に光る小判が五枚――五両である。

稲城屋の付《つ》けはともかくとして、とりあえず月末まで四人で暮らすには、多すぎるほどの金額だ。

「いいのか、お紋。こんな大金を」

春吉より先に、源四郎の方が驚いた。

「いいんですよ、お殿様」と、お紋。

「あたしは、この屋敷に匿《かくま》ってもらわないと、青龍一家の連中に見つかったら何をされるかわからない軀《からだ》ですからね。命の代金だと思えば、大したことはありません」

「それは、そうかも知れんが……」

「ほとぼりが冷めるまで、ご厄介になりますよ。三度の食事に贅沢は言いません。だけど……時々、可愛がってくれなきゃ……ね」

お紋は、袖の上から源四郎の腕を抓《つね》った。

「痛いなあっ、おい」

源四郎が大袈裟に眉《まゆ》をしかめると、春吉が、小判の紙包みを懐《ふところ》に乱暴に突っこむ。

「この金は一応、おらが預かっておきますだ」

そう言って、春吉は奥へ引っこんだ。

「ふ、ふふ」お紋は笑顔になる。

「あの兄さんは、忠義者なのね。お殿様が得体《えたい》の知れない女を屋敷に引っぱりこむのが、我慢ならないんでしょう」

「そんなこともないだろうが……」

実は源四郎も、今の事態に困惑しているのだった。

侍たちに追いかけられていた梔子殿と、青龍一家の哲吾郎親分に手籠《てごめ》にされそうになったお紋、何の因果か、この二人を助けて同じ屋根の下に住まわせることになるとは。

しかも、この屋敷は月末までしか住めないし、その後に住む場所もない。稲城屋の付けも、払える見こみはない。

侍一匹、これから、どうすれば良いのだろうか……。

「とにかく、お紋」源四郎は言った。

「空いてる部屋で、休んでくれ。夜具は、春吉に用意させるから」

「あらあら、あたしに独りで寝ろって仰《おつしや》るんですか」

五両の代償が独り寝なので、お紋は、不満げであった。が、すぐに、機嫌を直して、

「明日……いえ、もう今日ですか、今日の夜は可愛がってくださいね。約束ですよ」

「わかった、わかった」

ついにお紋と指切りまでさせられた源四郎は、ぐったりとして自分の寝間に向かう。

本当は、梔子殿にもう一度、あの侍たちの素性《すじょう》を問《と》い質《ただ》そうと考えていた源四郎だが、もう、その気力が完全に尽きていた——。

二

次の日の正午《ひる》過ぎ——藤堂源四郎が客間へ行こうとすると、

「——お殿様」

廊下の角から不意に姿を見せたのは、お紋であった。

「何だ、お紋」

「あら、冷たいのねえ」

お紋は軟体生物のように、源四郎の右腕に絡みついた。

豊かな乳房を、男の腕に押しつける。女の熟れた肌の匂いが、源四郎の鼻孔をくすぐった。

「時々、可愛がってくれる約束は、どうなったの」

「おいおい、昼間っから何を言うのだ。今、客が来ているのだぞ」

「じゃあ、夜になったら、あたしの部屋に必ず来てくれますね。指切りしたのを忘れてませんね」

「わかった、わかった」

辟易《へきえき》しながら、源四郎はうなずいた。

すると、お紋は彼の耳朶《じだ》にくちづけした。そして、かりっと耳朶を甘嚙みする。

源四郎は、不覚にも下腹部が熱くなるのを感じた。

「約束ですよ、ね」

お紋は美しい蝶《ちょう》のように、ひらりと身を翻《ひるがえ》して立ち去った。

昨夜の犬這《いぬば》いの姿勢で身悶《みもだ》えしながら悦《よ》がり哭《な》きする妖艶《ようえん》なお紋の姿を思い出すと、源四郎は、ますます股間が熱くなってくる。

深呼吸をして、己《おの》れの煩悩の炎を沈静化させると、

「やれやれ……」

溜息《ためいき》をついた源四郎は、客間に向かった。

「待たせたなあ、鈍平《どんぺい》」

客間に入りながらそう声をかけると、待っていた中年の町人は陽気《のんき》な口調で、

「お殿様、お顔の色艶《いろつや》がさえませんね」

饅頭に目鼻を描きこんだような丸顔、目の端も眉尾も極端に下がっていて大きな団子鼻という、人の良さそうな顔立ちである。

最近、知り合った幇間《ほうかん》の鈍平であった。

幇間とは、巧みな話術と芸で宴席を盛り上げたり、遊興の手助けをする稼業を言う。男芸者とも呼ばれる。

「まあ、改易《かいえき》だからなあ。これで血色が良くなったら、逆に正気を疑われるだろう」

上座に座って脇息《きょうそく》にもたれかかった源四郎は、憂鬱《ゆううつ》そうに言った。

源四郎が昼食を済ませたところへ、この鈍平が訪ねて来たのだ。

梔子殿は屋敷の北東の八畳間を、先ほどのお紋は反対側の北西の六畳間を自室にしている。

食事は、台所の隣の九畳間に源四郎、梔子殿、お紋が集まって、春吉の給仕で摂る。だが、二人の美女は互いに目も合わさず、相手が存在しないかのように振る舞っていた。

そういう刺々《とげとげ》しい雰囲気で食事をするのは、源四郎にとって決して楽しいものではなく、どちらかと言えば苦行に近い。

ようやくその苦行が終わって居間へ戻ったところへ鈍平が来たのだから、源四郎は心底、ほっとしたのだ。

「ところで、お前には幾らの借りがあったかな」

「いやですよ、お殿様。鈍平は幇間が生業《なりわい》、取り立て屋じゃございません」

鈍平は、ぱたぱたと扇子《せんす》を振って見せた。

「そうか。わざわざ顔を見せに来てくれたのなら、まことに嬉しい。まだ、付き合いも短いというのに」

源四郎は、穏やかな笑みを浮かべる。

「何しろ、処分が決まって以来、それまで親しかったはずの者が、蜘蛛《くも》の子を散らすように疎遠になってしまったんでなあ」

「浮世の冷たさが身に染みましたか」

「まあ、そうだな。神保小路のお殿様と呼ばれていたのが、今では、貧乏小路のお殿様というところだ」

「お上手な洒落《しゃれ》ですね。あたしらのお株を奪っちゃいけませんよ。あははは」

鈍平は笑い声を立てて、

「ところで、不躾《ぶしつけ》ですが、お殿様。御浪人となってからの暮らしは、どうなさいます」

「昨日の夜までは、居酒屋の主人にでもなろうかと思っていたのだが……」

賭場で女壺振りのいかさまに引っかかって、居酒屋開業の資金を失ったとは言いにくい、源四郎であった。

「お殿様」鈍平は真顔で言う。

「居酒屋の亭主が目が覚めたら何をするか、ご存じですか」

「ん？」源四郎は小首を傾《かし》げて、

「……そうだな。まず、顔を洗うだろう」

「それから」

「朝餉《あさげ》を摂るのではないか」

「その前に、ご近所のお稲荷さんへ詣でます。お江戸では、どこの町内にも必ずお稲荷さんの社が一つか二つはありますからね」

「ああ、そうだな」

江戸中の稲荷社の総数は、数千と言われている。

そして、王子稲荷が関八州《かんはっしゅう》の稲荷社の総元締めとされていた。大晦日《おおみそか》には、関八州から集まった狐《きつね》たちによって、飛鳥山に無数の狐火が見えるという。

「お稲荷さんは百姓衆の間では豊作の神様、江戸では商売繁盛家内安全の神様ですからね。店をやってるような者なら、朝参りは欠かしません。ある程度の大きさの店になれば、自分のところの庭にお稲荷さんを祀ります。朝飯は、そのお参りの後ですね」

「ふうむ……」

「それから亭主は、魚屋や八百屋なんかが来る前に、急いで用事を幾つか済ませます。魚屋に持って来させずに、自分で河岸《かし》まで仕入れに行って慎重に品定めする者も、珍しくありません」

嚙んで含めるように、丁寧に教える鈍平である。

「ほう、そういうものか」

源四郎は、鈍平の言わんとすることに気づいた。

「つまり、その程度のこともわかっていない俺に、居酒屋の主《あるじ》は務まらないというのだな」

「まあ、お止《や》めになった方が無難でしょうねえ」

居酒屋の主となった自分が店の二階で煙草《たばこ》でも喫《す》っていれば、板前と小女《こおんな》が勝手に店を切り盛りしてくれる——と思っていた源四郎なのである。

大名や家禄数千石という大身旗本の中には、生まれて此《こ》の方《かた》、金というものを見たことも触れたこともないという者が多い。金に触れるのは家来の仕事で、自分の財布を持ち歩くこともないからだ。

そういう〈箱入り殿様〉に較べれば、悪所《あくしょ》通いをして飲む打つ買うで遊んだ自分は、下情に通じている、世の中の裏表を知っている——と源四郎は思いこんでいた。

(しかし現実には、俺もまた、箱入り殿様と五十歩百歩の世間知らずだったらしいな)

源四郎は、がっくりと肩を落としてしまう。

「居酒屋の親爺《おやじ》なんかより、剣術で稼がれてはどうです。お殿様はお強いじゃありませんか。去年の秋でしたか、品川の遊女屋で酒乱の田舎侍が刀を振りまわしているのを素手で取り押さえられたのは、お見事でした」

「うむ……」

源四郎は浮かない顔である。

「あれほどの腕前なら、大丈夫。道場を開くのが無理だったら、どこぞの道場の師範代になっては如何《いかが》で」

「鈍平、褒めてくれるのはありがたいが……俺は、他人にものを教えるのが苦手でなあ。素質のない者でも煽《おだ》てて、道場に通わせるというのは……どうも、俺には難しそうだ」

ついこの間まで周囲からお追従《ついしょう》を言われる身分だった者が、急に、門弟にお世辞を言ったり宥《なだ》め賺《すか》したりする立場になることは、たしかに困難であろう。

「なるほどね。まあ、その素直さがお殿様の良いところでございます」

丸顔の幇間は、うなずいた。

「ですが、お殿様。この世の中、何をするにも先立つものは金」

鈍平は、ずいっと身を乗り出して、

「そこで、十両になる仕事がございます」

「十両……ほほう」

源四郎は目を輝かせる。

お紋が出した五両は、使い果たして良い金ではない。屋敷に寝泊まりさせて食事を出しているだけなのだから、余裕ができたら、お紋に返すべき金だ——と源四郎は思っている。

だから、ここで十両とまとまった金が手に入るというのならば、非常に助かるのだ。

「で、どんな仕事だ」

「はい、実は――」

鈍平は声をひそめて、わざとらしく周囲を見まわしてから、

「用心棒でございますよ、一日限りの」

三

「お光。まあ、安心するがいい」

安酒を喰《くら》いながら、権田孫兵衛《ごんだまごべえ》は言った。

大兵肥満《たいひょうひまん》、鍾馗《しょうき》のように顎髭《あごひげ》を伸ばして、飛び出した腹は布袋様《ほていさま》のようだ。上腕部など、丸太よりも太い。月代《さかやき》は伸ばして、総髪《そうがみ》にしていた。

羊羹色《ようかんいろ》に褪《あ》せた小袖に、裾《すそ》に黒い縁取《ふちど》りのある浅黄色の袴を穿《は》いている。どちらも、生地が薄くなって、よれよれであった。

「この権田孫兵衛は、ただの素浪人ではないぞ。日《ひ》の本《もと》六十余州でも、わしと並ぶ豪傑は三人とおるまいて。鈴鹿峠で二十人の山賊を相手に血刀《ちがたな》を振るったところを、お前にも見せてやりたかったな。小芥子《こけし》の首を刎《は》ねるよりも簡単に、みんな、ちょいっちょいっと斬り落としてやったわ」

「はあ……」

お光と呼ばれた娘は、怖そうにうなずいた。

「芸州の山奥で猪《いのしし》に出くわした時も、面白かったな。猪突猛進《ちょとつもうしん》というくらいだから、猪の奴め、わしに突きかかって来おった。畜生《ちくしょう》の悲しさで、わしの貫禄がわからなかったのだな。無論、刀など抜くまでもない。岩より堅い拳の一撃で、猪の奴、昇天しおったわ。四十貫の大物だったというが、わしの前では生まれたての仔猫《こねこ》同然さ」

一貫は三・七五キロだから、四十貫だと百五十キロということになる。

「だからな。浪華屋《なにわや》の連中が押しかけても、わしが一睨《ひとにら》みで追い返してやるぞ」

「ありがとうございます。ご浪人様だけが頼りでございます」

お光は頭を下げた。

そこは——霊岸島《れいがんじま》の銀町《しろがねちょう》二丁目であった。

　霊岸島には、敷地三万坪という広大な福井藩三十二万石の上屋敷がある。その上屋敷の東西と北に掘割があり、東側の掘割の東岸にあるのが銀町二丁目であった。

　銀町二丁目には、建具商の大店《おおだな》・浪華屋があり、お光たちがいるのは、浪華屋の裏長屋の一室であった。

　名を〈おから長屋〉という。「豆腐殻《おから》ばかり食べている貧乏人の長屋」という意味ではない。「財布が空っぽで、豆腐殻すら食べられない貧乏人が住む長屋」という意味であった。

　つまり、「究極の貧乏人が住んでいる長屋」というわけだ。

　それが証拠に、片側五軒で合計十軒の棟割り長屋なのだが、建物全体が斜めに傾いている。それを、あちこちにつっかえ棒の丸太を置いて、何とか現状を維持しているという具合なのであった。

　入口の土間を除くと、四畳半一間の部屋である。座敷の隅には畳んだ夜具が重ねてあり、小さな箪笥《たんす》や柳行李《やなぎごうり》も置いてあった。

　巨漢の権田孫兵衛が、その座敷の真ん中に胡座《あぐら》をかいているので、お光がどんなに退《さ》がっても、膝と膝が触れそうなほど近い。

　お光は、継ぎ当てだらけの絣《かすり》の着物を着ている。だが、大きな瞳が印象的な美しい娘であった。

　髪油をつけて髷《まげ》を結《ゆ》うような余裕がないのか、纏《まと》めた髪先を輪に結んで背中に垂らしていた。〈玉結《たまむす》び〉という古風な髪型である。無論、櫛《くし》も簪《かんざし》も差してはいない。

　年齢は十七、八だろう。まさに、「掃きだめに鶴」である。

　孫兵衛は、そんなお光を赤く濁った眼で眺めていたが、不意に彼女の肩を摑んだ。

「あっ、何をなさいますっ」

　藻搔《もが》くお光の顔を、立ち上がった孫兵衛は、自分の下腹部に押しつけようとする。

「初物《はつもの》をいただくのは夜の愉《たの》しみにして、まずはその可愛い口唇で、わしの倅《せがれ》を咥《くわ》えてもらおうか。さあ、しゃぶれ」

　彼の袴は、股間に無双窓という隙間《すきま》のある造りであった。そこから半勃ちのずんぐりした肉根を摑み出して、孫兵衛は娘の口に押しこもうとする。

「厭《いや》っ、やめてっ」

お光は必死で、抵抗した。

「良いではないか。わしが、男の味を教えてやろうというのだ。たっぷり飲ませてやるぞ。ふふふ」

孫兵衛が、団扇《うちわ》のように大きな手でお光の後頭部を摑んで、股間に顔を埋めさせようとした時、

「出て来やがれ、浪人野郎っ」

表で、怒鳴り声がした。

四

「誰だ、せっかく良いところだったのに」

がたぴしする腰高障子《こしだかしょうじ》を力まかせに開いて、権田孫兵衛は、長屋の通路へ出た。左手に大刀を下げている。

通路の真ん中に下水溝が通っていて、その上に板が被《かぶ》せてある。その下水板の向こうに、六人の男がいた。

その中の四人は、人相の悪いごろつきだ。そして、着流し姿の長身の武士とぽ

ってりした軀つきの町人がいる。

「この野郎ですよ、先生。図々《ずうずう》しい居座り野郎はっ」

貧相な顔をした小男が喚《わめ》いた。「出て来い」と怒鳴ったのも、こいつである。名を、吉松という。

他の三人は、甚太《じんた》、安之助、銀次という名だ。

「何だ、お前は」

孫兵衛は、「先生」と呼ばれた武士の方を、じろりと見た。

「貴公《きこう》が、権田孫兵衛殿か」

そう言ったのは、藤堂源四郎である。

「私は、この浪華屋に雇われた藤堂源四郎という者だ」

源四郎の脇にいる町人は、浪華屋の主人の宗右衛門《そうえもん》だった。浪華屋は、江戸城や大名家にも建具を納入しているという富商である。

宗右衛門の年齢は、五十前後であろう。いかにも富商らしい、福々しい柔和《にゅうわ》な顔つきをしていた。

帯に挟んだ煙草入れの根付《ねつけ》は、縁起物であろうか、七福神が乗った宝船だった。

前にも述べたように、おから長屋は浪華屋の裏手にある。この長屋を潰して浪華屋の敷地を拡張し、そこに別棟を建てるというのが、宗右衛門の考えであった。掘割から水を引きこんで、船着き場まで作るという。

何しろ、おから長屋の住人ときたら、最低でも半年以上は店賃《たなちん》を払っていない奴ばかりなのである。彼らには立ち退き料さえ払う必要はなく、吉松たち四人のごろつきが追い出した。

ところが、お光という十八娘だけは脅してもすかしても、頑として出て行かない。

そして昨日のこと——ごろつきどもが役得とばかりに、お光を押さえつけて慰みものにしようとした時、突然、現れたのが豪傑浪人の権田孫兵衛であった。

孫兵衛は、四人を軽々と放り投げ、殴りつけ、蹴っ飛ばした。あまりの強さに、四人は転げるようにして逃げ出して、浪華屋宗右衛門に報告した。

そこで宗右衛門は、顔見知りの幇間の鈍平に、「腕利きの二本差《にほんざし》を都合してくれ」と命じたのである。

こうして「都合」されたのが、藤堂源四郎だったというわけだ。さすがに、鈍平は源四郎を〈浪人〉として、浪華屋に紹介している。

「どうだろうな、権田殿。浪華屋は、貴公に十両のご苦労賃を出すと言っている。

此度《こたび》は、それで了見《りょうけん》してくれぬか」

了見してくれ――とは、「納得してくれ」という意味である。

「十両だと？　馬鹿なことを申すな」

孫兵衛は、せせら笑った。

「わしは、非理非道《ひりひどう》を看過《かんか》できぬ性分《しょうぶん》でな。正義のために、お光という娘に味方しておる。家主の勝手で、か弱い娘を力づくで追い出すことは、この権田孫兵衛が許さぬ」

それから、孫兵衛は浪華屋の方を見て、

「おい、浪華屋。どうしても長屋から出て行って欲しければ、立ち退き料として百両、持って来い」

つまり、この権田孫兵衛は、介入屋とでも呼ぶべき男なのであった。

金になりそうな揉め事を嗅ぎつけては、そこに無理矢理に介入し、怪力と剣の腕前にものを言わせて、大金を巻き上げるのだ。

おから長屋の立ち退き騒ぎを聞きつけると、お光を救う振りをして、長屋に居座ったのだろう。

「ほう……」

源四郎は怒りを押し隠した声で、言った。

「非理非道を看過できず正義のために味方したはずの者が、どうして嫁入り前の娘に不埒《ふらち》な真似をするのかね」

「何だとっ」

見事に揚げ足をとられた孫兵衛は、一瞬、言葉に詰まった。

「こんな荒《あば》ら屋《や》だから、貴公の胴間声《どうまごえ》は外まで筒抜けだ。か弱い娘を無理矢理に手籠《てごめ》にするのは、真っ当な人間のすることではない。獣物《けだもの》のすることだぞ」

「むむ……獣物と言ったな」

怒りのために、顔を真っ赤に染めた孫兵衛は、

「その暴言、許さんっ」

いきなり抜刀して、孫兵衛は斬りかかった。源四郎を袈裟懸《けさが》けにしようとする。

ぎィィィ――んっ、と耳を劈《つんざ》くような金属音がした。

源四郎が大刀を抜き様《ざま》、相手の豪剣を弾き上げたのである。普通なら、受けた方が刀身を折られてしまうほどの勢いの撃ちこみだったのだが。

「わっ」

「ひゃあっ」

吉松たち四人は、素早く逃げ出した。浪華屋宗右衛門も、さっと安全なところまで退《さ》がる。

源四郎と孫兵衛は、ぱっと位置を変えた。下水溝に平行になって、対峙《たいじ》する。源四郎が長屋の入口の木戸を背にして、大刀の鞘《さや》を帯に差した孫兵衛が、長屋の奥の井戸を背にしていた。

「………」

下段に構えた源四郎を、右八双に構えた孫兵衛が睨みつける。両者の距離は、二間《にけん》――三・六メートルほどだ。

浪華屋宗右衛門と吉松たちは、固唾《かたず》を呑んで勝負を注視する。お光も、障子戸にかじり付いて、二人の対決を見ていた。

「ええいっ」

孫兵衛が気合を発した。猛虎《もうこ》の吠え声のようであった。それを聞いた吉松が、腰を抜かしそうになる。

「おうっ」

それに応じて、源四郎が気合とともに、じりっと前へ出た。ずずん……と腸《はらわた》に染みいるような気合であった。

相手の気合に怯《ひる》まずに、それを押し返して前進したのである。

「うむ……」

孫兵衛の額が脂汗で光った。抜き打ちの豪剣も脅しの気合も源四郎には通用しなかったので、焦っているのだろう。

源四郎の方は、落ち着いた表情で巨漢浪人を見つめている。

孫兵衛の眼に、ちらっと狡猾《こうかつ》な光が走った。

次の瞬間、

「うおおおっ」

右八双から大上段に大刀を派手に振り上げて、孫兵衛は猛然と突っこむ。それに合わせて、源四郎も前に出た。

力任せの真《ま》っ向《こ》う唐竹割《からたけわ》り——と見せて、いきなり、孫兵衛は身を沈めた。そして、片手薙《な》ぎで相手の脛《すね》を払う。

その巨体の印象からすれば、信じられないほど敏捷《びんしょう》な変化業《へんかわざ》であった。

が、孫兵衛の大刀は宙を斬った。その空間に、源四郎の足は存在しなかったのだ。

「っ⁉」

その時、藤堂源四郎の軀は、孫兵衛の頭上を飛び越えていたのである。孫兵衛の背後に着地した源四郎は、振り向いて大刀を中段に構えた。

すると、孫兵衛の頭から、ぽろりと髷が落ちた。散ばらになった髪が、肩に落ちる。

「わ、わしの髷が……」

豪傑浪人は狼狽して、落ちた髷を摑んだ。

主持《しゅも》ちであるか浪人かを問わず、髷を斬り落とされるというのは、武士にとって最大の恥辱なのである。

「見ろよ、あれを」

「わははは、まるで落ち武者だぜっ」

「土左衛門《どざえもん》にも似てらあ」

吉松たちは笑って、囃《はや》し立てた。

「むむ……偉そうなことを言う貴様も、所詮は強欲な商人の犬ではないか。覚えておれよっ」

捨《す》て台詞《ぜりふ》を吐いて、権田孫兵衛は木戸から逃げ出した。

「藤堂さん、よくやってくれました」

ゆったりした笑みを浮かべて、浪華屋宗右衛門は源四郎に歩み寄る。

「ちょっと待ってくれ」

納刀した源四郎は、硬い表情でそう言ってから、お光に近づいた。

「う…………」

お光は怯《おび》えた顔で、どこかに逃げ道がないかと周囲を見まわす。

「心配するな、私は何もせぬよ。少し訊きたいことがあるだけだ」

源四郎は、柔らかい口調で言った。

「お前は、ここに一人で住んでいるのかね。家族はいないのか」

「……御父《おと》つぁんは、越後へ行ってます」

震え声でお光は言った。

「出稼ぎをしているのか」

「うちの御父つぁんは、本当の腕の良い大工なんです。だけど、酒でしくじってから……ここ何年かは仕事をしていませんでした」

「その間、お前が暮らしを支えていたのだな」

「はい……でも、今度、元の親方さんから声がかかって、越後で古い御屋敷を大改修する仕事があるから来い、と。御父つぁん、酒断ちして、張り切って出かけました。本当は、大工の仕事が大好きな人なんです。今年の十一月には、御父つぁんは帰って来るんです。だから、それまで……私、この長屋にいたいの。長屋がなくなると、困るんですっ」

源四郎の人柄を信用したのか、お光は一気にまくし立てた。

「では、立ち退き料目当てに、ごねていたわけではないのだな」

「違います、立ち退き料なんて一文もいりません。御父つぁんが帰って来るまで取り壊しを待ってくださいって、お願いしていただけなんです」

「うむ、わかった」

うなずいた源四郎は、浪華屋宗右衛門の方を向いた。背中で、お光を庇《かば》うようにする。

「浪華屋。最初に聞いた説明と、ずいぶん違うようだな」

「ははは。藤堂さん、細かいことは良いじゃありませんか」

大店の主人らしく余裕たっぷりの態度で、宗右衛門は苦笑した。

「偽《にせ》豪傑さんは遁走《とんそう》したことだし、貴方《あなた》には前渡しの十両以外に五両の割増しを、お支払いしましょう。それで機嫌を直してくださいまし」

言葉は丁寧だが、金の力で人の心が思い通りになると信じている者特有の尊大で傲慢《ごうまん》な口調であった。

それを聞いた源四郎は、懐に手を入れた。摑み出した十枚の小判を、浪華屋の足元に放り投げる。

「人を見て、ものを言え」と源四郎。

「俺は、お前に飼われた犬ではないぞっ」

「……」

浪華屋は笑みを消して、無表情になった。左右のごろつきたちに、冷酷な眼で「やれ」と合図を送る。

今さっき、源四郎の強さをまざまざと目撃しただけに、吉松たちは一瞬、戸惑った。しかし、浪華屋に後からもらう褒美のことを考えて、覚悟を決めたらしい。

「野郎っ」

「死んじまえっ」

懐の匕首《あいくち》を引き抜いて、口々に喚きながら、突進して来た。

源四郎は、背後にまわした左腕でお光を庇いながら、さっと脇へ移動する。

そして、吉松の突きをかわして、その伸びきった首筋の後ろに手刀を打ちこむ。

「ぐはっ」

小柄な吉松は頭から腰高障子に突っこみ、その勢いで四畳半まで転げこんだ。

次に源四郎は、安之助の鳩尾《みぞおち》に拳を叩きこむ。

「がへっ」

匕首を放り出して、安之助は臀餅をついた。板を割って、下水溝に臀が嵌《は》まってしまう。

さらに源四郎は、甚太に足払いをかけて倒した。最後の銀次の右腕を摑むと、関節を固めて投げ飛ばす。

「どわっ」

銀次は、支えの丸太に背中をぶつけて、その丸太ごと羽目板《はめいた》に衝突した。羽目板が割れ飛んで、銀次は土間の竈《かまど》に頭を突っこむ。

すると、傾いていた長屋がぐらりと揺れた。

「危ないっ」

源四郎はお光を抱いて、跳び退がった。

老衰した象が倒れるように、五軒長屋全体が斜めになって、めきめきと倒壊した。

物凄い土埃《つちぼこり》が巻き上がって、周囲は濃霧に包まれたように視界が利かなくなる。

「来いっ」

土埃が舞う中、源四郎はお光の手を引いて、その場から逃げ出した。

第四章　淫戯《いんぎ》指南

一

「また、春吉に怒られてしまったな……」

自分の屋敷の寝床で手足を伸ばしながら、溜息《ためいき》をつく藤堂源四郎である。

戌《いぬ》の中刻《ちゅうこく》——午後九時だから、源四郎は寝間着《ねまき》姿であった。

あれから源四郎は、駕籠《かご》にお光を乗せて、神保小路へ帰って来たのである。

そして、おから長屋が崩壊して行くあてのないお光を、この屋敷に泊めてやると下男《げなん》の春吉に告げた。

酒びたりで何年も働かない父親を支えて、縫いものなどの賃仕事を引き受けて一生懸命に働いてきた孝行娘である。しかも、長屋が倒壊してしまった責任の一端は、源四郎にもあるのだ。

武士として、いや、人として、この健気《けなげ》な娘を見捨ててはおけない。

「あと五日で自分も宿無しになる御方《おかた》が、他人様《ひとさま》の住処《すみか》の心配までするだか。ずいぶんと結構なことだが、礼金の十両はどうなりましただね」

ごね得狙いで長屋に居座っていると説明された娘を連れて来た以上、雇い主からの礼金はなくなったと察しをつけた春吉である。

源四郎が正直に「武士の意地で返した」と言うと、無言で首を振りながら春吉は台所へ去った。

恐縮するお光に、源四郎は、北側の真ん中の部屋をあてがった。これで、東に梔子殿、真ん中にお光、西側にお紋と美女三人が、二部屋置きに並んだわけである。

後で春吉が、着替えの小袖をお光の部屋へ持って行ったようであった。

（……嘘をついたのは浪華屋なのだから、俺は、金を返さなくても良かったのだろうか）

天井を眺めながら、源四郎は考える。

しかし、介入屋の権田孫兵衛の「偉そうなことを言う貴様も、所詮は強欲《ごうよく》な商人の犬ではないか」という捨《す》て台詞《ぜりふ》は、源四郎の胸に、ずしんとこたえた。

旗本という身分を失って、浪人として生きるというのは、そういうことなのか――と初めてわかったような気がした。

人道も条理も投げ捨てて、金のためにどんな汚い仕事でも引き受けなければならないのか。

それが厭《いや》で、源四郎は「人を見て、ものを言え。俺は、お前に飼われた犬ではないぞっ」などと立派な啖呵《たんか》を切って、浪華屋宗右衛門の足元に小判を放り投げたのである。

その時は、すっきりした気分になった源四郎だが、いざ、屋敷へ戻ってみると、

（さて、金策はどうしようか）

どうにも、頭の痛いことであった。

例の侍たちといい、青龍一家といい、浪華屋宗右衛門といい、どうも、源四郎が金策に出かけるたびに難儀な悪党にぶつかってしまうのは、どういう巡り合わせであろうか。

しかも、この三者と源四郎は完全に敵対したのだから、彼らの今後の報復も覚悟しないといけない。敵勢力は一つでも厄介なのに、源四郎の場合は三つもあるのだから、さらに困りものであった。

（特に、あの侍たちの素性《すじょう》がわからないのが気にかかる。何とかして、梔子殿の頑《かたく》な心を解きほぐし、事情を聞き出さないといかんなあ……それに、越後にいる父親に文《ふみ》を出して、お光がこの屋敷にいると教えてやらないと……全く、色々と心配事ばかりだ）

思えば、決まった役職のない小普請組の旗本というのは、実に気楽なものであった。

禄高に応じて諸工事の人夫費用を負担するだけで、後は自由だった。毎日毎日、好き勝手なことをして暮らせたのである。

倹約家だった先祖代々の貯えがあり、叱りつける両親もなく留め立てする妻もないのを良いことに、藤堂源四郎は、放蕩三昧《ほうとうざんまい》に耽《ふけ》っていた。

しかし、旗本ではなく浪人になると、放蕩どころか、生活のための一両の金を稼ぐのも実に難しいのである。

さすがに今では、遊ぶことしか考えていなかった己《おの》れの過去を反省する、源四郎であった。

（お紋の五両が、いつまでもあるわけではないし……先祖伝来の刀を売るか。しかし、いくら浪人になったからといって、竹光《たけみつ》を腰に差すわけにはいかんしな

あ）

大刀と脇差を売り払った金の一部で、安い刀を買うという手もある。だが、値段の安い鈍刀《なまくら》では、いざという時に役に立つまい。

（何か、金詰まりの現状を打開する起死回生の奇手はないものか……）

眉間《みけん》に縦皺《たてじわ》を寄せて、源四郎が考えこんでいると、

「――ねえ、お殿様」

庭に向かって開け放した障子の蔭から、ひょっこりと、お紋が顔を出した。肌襦袢《はだじゅばん》姿である。

「お、どうした」

驚いて、源四郎が上体を起こすと、

「どうしたじゃありませんよ。夜になったら、あたしの部屋で可愛がってくださる約束だったじゃありませんか。指切りまでしたのに、本当に薄情ねえ」

そう言いながら、男の左脇に腰を下ろして、しな垂れかかるお紋だ。熟れた肌の匂いが甘い。

「そうだったなあ、済まなかった」

源四郎は、お紋の肩を抱いた。目を閉じたお紋の紅唇にくちづけする。

昨夜は、臀叩《しりたた》きから前戯なしで挿入という、超がつくほど変則的な交わりであった。だが、今夜は、接吻《せっぷん》から始まる常識的な進行になるらしい。

「んふ……」

お紋が、舌をすべりこませて来た。源四郎は、自分の舌を絡めて吸う。

互いの舌の動きが激しくなり、お紋は、たおやかな諸腕を男の首に絡めた。

その刹那《せつな》、

「っ！」

いきなり、源四郎がお紋の髷《まげ》から簪《かんざし》を抜き取った。そして、上体を庭の方へひねって、その簪を手裏剣に打とうとする。

油代も蠟燭代《ろうそくだい》もないので、石灯籠《いしどうろう》に灯は入っていない。だから、小さいながら泉水や東屋《あずまや》を置いた庭は真っ暗であった。

「……どうなすったんです、お殿様？」

お紋は唖然《あぜん》として、訊いた。

「いや……」

苦笑して、源四郎は、簪を元のように差してやった。そして再び、お紋に接吻する。

(金策で頭を悩まし過ぎて、少し気が立っているのかも知れんなあ)

庭の闇の中に不審な気配を感じて、思わず、最も身近にある〈武器〉を手にした源四郎であった。だが、それを投げつけようとした瞬間、闇の中の気配は消えたのである。

(いかに逆境であっても、愉《たの》しむ時には、大いに愉しまねば……)

源四郎は、お紋の舌を強く吸ってやった。

お紋は、源四郎の首を抱いている両腕に力をこめた。そして、お紋は、そのまま伸しかかるようにして、男を押し倒す。

逆らわずに、源四郎は夜具に仰向《あおむ》けになった。

すると、お紋は、紅唇を男の頰に移動させる。さらに、頰から首筋へと唇で撫でるようにする。年増《としま》だけあって、巧みであった。

お紋の唇は、触れるか触れないかの微妙な愛撫で、首筋から広い胸に移った。

男の寝間着の襟《えり》を大きく広げると、乳頭を舌先でくすぐる。

「うむ……」

その心地よさに、源四郎は満足げな吐《と》息《いき》を洩らした。

「ねえ、お殿様」

唇による男の胸への愛撫を続けながら、お紋は言う。

「今までの女たちって、みんな、こんな風にお殿様にご奉仕したんじゃありませんか」

「その通りだが……お前は八卦見《はっけみ》か、観相《かんそう》でもやるのか」

昨夜に続いて今夜も、お紋の正確な指摘に驚かされる源四郎であった。

「いいえ、別に」

「それにしても、よく当たるではないか」

「それはね……ふ、ふふ」

お紋は微笑した。

「お殿様。あたしが何を言っても、気を悪くしないと約束してくださいますか」

男女の密事《みそかごと》の最中に、いきなり何を言い出すのか——と源四郎は訝《いぶか》りながらも、

「良いとも。俺は、そんなに心の狭い男ではないつもりだ」

「では、申し上げます」とお紋。

「お気の毒なことに、お殿様は男女の営みの半分しかご存じありませんね」

「え……？」

思わず、源四郎は飛び起きた。

お紋が何を言っているのか、彼には理解できなかった。

十八で筆下ろしをして以来、玄人《くろうと》も素人《しろうと》も合わせたら、源四郎が今までに寝た女の数は百では足るまい。まず、二百人以上だろう。

「そんなことはないだろう。俺はこの道では、それなりに金も遣ったし経験も積んで来たつもりだ。自慢ではないが、女たちも満足していたぞ」

「ええ、そうでしょうとも。経験豊富な年増ならね」

お紋は笑みを浮かべて、

「でも、若い娘はどうです。男識《し》らずの生娘《きむすめ》の相手をなすったことは？」

「いや、それは……」

源四郎は絶句した。

改易《かいえき》を申し渡される直前に、伊豆の湯宿で女中のお葉と遊んだ時のことを、彼は思い出したのである。

生娘のお葉の若々しい秘部に挿入しようとしたが、痛がるばかりで、ついに結合できなかった……。

「言われてみれば、その通りかも知れない」

素直に、源四郎は白状する。

「若い娘が相手の時は、上手く入らなかったり、交わっても相手が気が乗らない様子で、あまり面白くなかったな。だから、遊女屋へ行っても、自然と年増を指名するようになったよ」

「そうでしょうねえ」

「いや、待てよ。思い出したぞっ」

源四郎は目を輝かせて、

「一度だけ、品川の遊女屋で水揚《みずあ》げをしたことがある」

水揚げとは、男性体験のない遊女が初めて客をとることを言う。

初物を割ると長生きするという俗信があるし、処女を抱くことに執着する男も多いので、水揚げ料は高額であった。

「幾らだったか忘れたが、ちゃんと新鉢《しんばち》を割ったし、終わる頃には妓《おんな》も大層、悦《よ》がっていたぞ」

「きっと、何度目かの水揚げだったんですね」

あっさりと言う、お紋だ。

「昨日の夜の差しの勝負と同じ。いかさまですよ」

「そんなことはあるまい。確かに、血の滲んだ始末紙まで見せて……」

「あそこの中に、紅《べに》か何かを仕込んでおいて、破華《はか》で血が出たように見せかけるんです。よくある手ですね。最後に悦がり哭《な》きしたってのが、偽《にせ》の水揚げだという動かぬ証拠です」

お紋は情け容赦なく、源四郎の幻想を打ち砕いてゆく。

つまり、一人の遊女を何度も水揚げさせたり、百戦錬磨の娘を処女に仕立てたりすれば、遊女屋の主人は大儲けできるのだ。

そのため、破華の出血を偽装する方法が幾つも考案されている。たとえば、動物の血を魚の浮袋に仕込んで、それを妓の花孔の内部に隠しておくのだ。

また、水揚げの前に、水に溶いた明礬《みょうばん》を妓の秘所に塗ったりした。明礬の化学作用で花孔の入口が狭まり、挿入未経験の処女を装える——という理屈だが、その真偽は不明である。

「歯に衣着《きぬき》せずに申し上げますが——お殿様は女体《にょたい》の扱いが、お上手ではありません」

お紋は、淡々とした口調で言った。

「つまり、下手なのです」

二

「へ…下手？」

まるで、釣鐘《つりがね》を突く撞木《しゅもく》で頭を一撃されたようであった。

藤堂源四郎、生まれて此《こ》の方《かた》、これほど驚いたことはなかった。驚きの次に、猛然と怒りがこみ上げて来た。

「これ、お紋。何を申すか、俺は二百人以上の女たちと…」

「二百人と寝ようが、二万人と寝ようが、下手は下手のままでございますよ。一人の女しか識《し》らなくても、達人は達人です」

「そんな馬鹿な……」

混乱した源四郎は、軽い目眩《めまい》さえ覚えた。

「二十年間も賭場《どば》に通いながら、お殿様は、いかさまをご存じなかった。それと同じです」

お紋は静かな口調で、教え諭《さと》す。

「博奕《ばくち》も女遊びも、ずっと、取り巻きのお膳立てで愉しんでこられたのでしょう。

そいつらは、お殿様を適当に良い気分にさせて、金を毟《むし》り取ることしか考えていなかったんですよ」

「……」

「お武家様の世界はよくわかりませんが、若殿と家来が竹刀で勝負する時、御機嫌とりのために、家来がわざと打たれたりするんでしょ。でも、打った方の若殿は、自分が強いと思いこむ」

「……」

「お殿様は男前だし、清潔にしてらっしゃるし、股間の道具も大変にご立派です。だから、経験豊かな年増女なら、喜んでお相手を務めるでしょう」

お紋の話は理路整然としていて、源四郎が口を挟む隙《すき》もない。

「寝そべったままのお殿様の体中を舐めまわして、あれが巨《おお》きくなったら、腰の上に跨《また が》って好きなように臀を振る。そして、たっぷり吐精してもらう……お殿様は寝てるだけでいいんです。御自分から、秘術を尽くして、女を愉しませる必要はありませんからね。巨《おお》きくて硬いお珍々を貪《むさぼ》って、年増女は勝手に絶頂に達してしまいますから」

現代の淫語で言うところの〈マグロ〉であろう。藤堂源四郎は、何と、殿様マグロだったのだ。

「それは、つまり、何か……」

源四郎はおそるおそる、質問した。

「女を悦《よろこ》ばせるには、ただ力いっぱい、突いて突いて突きまくるだけでは駄目なのか」

「ですから、それが通用するのは、経験豊富な年増女か、あたしのように痛めつけられて悦ぶ変わった女だけでしょうね。経験の少ない若い娘なら、痛がるだけです。まして、生娘なら、そんな力任せでの遣《や》り方《かた》では責め折檻《せっかん》されているようなものでしょう」

「ははあ……」

源四郎は、全身から力が抜けて行くような気がした。改易を申し渡された時でさえも、これほど落ちこまなかったような気がする。

お紋の指摘を全面否定したいが、これまでに寝た女のことを考えれば考えるほど、正しいと思えて来る。特に、伊豆で生娘のお葉と交われなかったことが、明確な証拠であった。

今までは、江戸一番とまでは言わないが、自分のことを武家にしては一端《いっぱし》の通人、粋人《すいじん》だと思っていた源四郎である。

そのプライドが、岩に叩きつけられたギヤマンの皿のように、木っ端微塵《こっぱみじん》に打ち砕かれてしまったのだ。

「お殿様ではなく、馬鹿殿様であったか……俺はひょっとしたら、日の本一の大馬鹿者なのではないか」

「お殿様……ごめんなさい」

お紋が、ちゅっと音を立てて源四郎の頬に接吻した。にっこりと微笑《ほほえ》んで、

「あたしが少し言い過ぎました。お殿様に本当のことを知って欲しかったから、きつい言い方をしましたけど、そんなにがっかりすることはないんですよ」

「だがなあ、お紋……男として……」

「男として、下手だったら上手になればいいんですよ」

「え？　……俺は上手になれるのかっ」

暗黒の中で一筋の光明を見つけた者のように、源四郎は、かっと両眼を見開いた。

「ええ、なれますとも。これから、あたしが教えて差し上げます。お殿様なら、ただの上手じゃなくて、きっと達人にも名人にもなれますわ」

お紋がそう言うと、源四郎は、ぱっと畳へ跳び退《さ》がって正座をした。そして、両手をついて、

「お紋…いや、お紋殿。よろしく御指南くだされ。この通りです」

深々と頭を下げたから、お紋の方があわてた。

「あら、厭だ。お手をお上げになってっ」

男の逞《たくま》しい軀《からだ》を起こしながら、お紋は言う。

「お旗本のお殿様が、無職渡世《ぶしょくとせい》の女壺振《おんなつぼふ》りなんかに頭を下げては、御身分に障りますってばっ」

「だが、師弟の礼儀というものは、身分の上下に関係ない。現に天下様《てんかさま》である三代将軍家光公でさえも、兵法指南役《ひょうほう》の柳生但馬守《やぎゅうたじまのかみ》と道場で対した時には師弟の礼を……」

「もう、困ったなあ。この人ったら、本当に素直で飾り気がないんだから」

急に、お紋は、にんまりとして、

「でも、そういう初心《うぶ》なところが好き。大好き、あたし、惚れてるのっ」

源四郎の首にかじりついて、お紋は熱に浮かされたように、彼の顔や首筋に滅茶苦茶に接吻した。

「これこれ……」

今度は、源四郎の方が、女の情熱を持て余して、

「お師匠殿。早速、達人名人の手引きをお願いしたいのだが」

「はい、はい」

ようやく、お紋は、連続接吻をやめた。

「では、まず──女の軀のことを詳しくお教えしましょうね」

夜具に臀を落とすと、お紋は、裾前《すそまえ》を開いた。両足の膝を立てて、左右に開く。

M字開脚であった。

その股間は、垂れ下がった緋色《ひいろ》の下裳《したも》で隠れている。お紋は、その下裳を払いのけた。

女の生殖器が剝《む》き出《だ》しになる。

「見てくださいな、これが秘女子です」

「う──む」

正座をしたまま上体を倒して、源四郎は、女の股間に顔を近づけた。

考えてみると、いつも女から口唇奉仕をしてもらうが、源四郎は、自分から女の花園に唇や舌を使ったことはない。だから、こんなに間近《まぢか》で、しげしげと女性

器を観察するのは、初めてのことであった。

黒く艶《つや》やかな秘毛は豊饒《ほうじょう》で、火炎形であった。花園は暗赤色をしている。

「そんな風に見られると、少し羞《はず》かしいですが……殿方のものを迎え入れる入口の前で、対になっているこれは、花弁とか花びらとか紗根《さね》とかいいます」

お紋が言うのは、小陰唇のことであった。

「肉厚の木耳《きくらげ》のようだな」

「ふふふ、そうですね」お紋は笑ってから、

「でも、あんまり正直に感想を言っては駄目ですよ。女はね、この花弁の形や色を凄く気にするんですよ。変な形じゃないかとか、色艶が良くないんじゃないか、とかね」

「ほほう」

「殿方は道具の大小を気にしますが、女は、ここの形や色艶を気にします。だから女には、いつも、こう言えばいいんです——綺麗だ、と」

「うむ」

源四郎は真面目な顔でうなずいた。

「綺麗だぞ、お紋」

「まあ……早速、お上手だこと」

「いや、本心だ。艶《なま》めかしく、俺を誘っているようだ」

「そう言っていただけると、嬉しいですわ」

頰を染めながら、お紋は右の人差し指と中指で逆Vの字を作り、自分の花弁を開く。

内部の前庭は、桜色をして艶やかに光っていた。濡れているのだった。

「この花びらの中に、孔《あな》が二つありますでしょう」

「おお。縦に二つ、並んでいるな」

「はい。上の小さい孔が、お小水の出るところ。下の大きめの孔が、殿方のお
珍々を迎え入れる陰道です。つまり、女壺ですね」

「こんな小さい孔になあ」

「小さくとも、伸び縮みするんですよ。赤ん坊だって、そこから出て来るんです
から」

「一貫目近くある赤子が、ここから出るのか。女人の軀とは、まことに不思議千
万なものだな」

しきりに感心する、源四郎だ。

「さて、お殿様。もっと下に、もう一つの孔がありますよね」

「うむ。臀の孔だろう」

放射状の皺《しわ》がある茶色っぽい後門を、源四郎は見つめた。

「そんな風に見られたら、本当に羞かしい……」

身を捩《よじ》りながら、お紋は呟《つぶや》く。

しかし、淫戯指南役としての責任を思い出したのか、お紋は後門が見えるように臀を持ち上げて、

「ご存じですか。ここでも、お道具を迎えられますが」

「衆道《しゅどう》だな。男が小姓などを可愛がる時に、そこに入れるのだろう。まだ試したことはないが、そのくらいは知っている」

源四郎は自慢げに胸を張った。

衆道とは、男性同性愛の一種である。女役が少年であることが多いが、少年愛と違うのは、女役が成長してからも関係が続くことがあるという点だ。

妻帯が禁じられている僧侶の中には、美少年を寺小姓として雇い入れ、肉体関係を結ぶ者がいた。

この場合は、少年が成長してからは、御家人《ごけにん》の株を買ってやったり、五十両と

か百両とかの商売の元手を出したりして、暮らしが立つように面倒を見てやる。これを、〈片付け〉という。

また、十代の少年娼夫《しょうふ》を置いた蔭郎《かげろう》茶屋という風俗店があった。彼ら蔭郎は、なまじの女よりも遥かに美しかった。客は、衆道が好きな僧侶や武士、富商などである。

また、蔭郎は、大店《おおだな》の後家や奥御殿勤めの女中なども相手にした。無論、その場合には股間の道具を使うのである。

つまり、蔭郎はプロの両性愛者なのだ。

「ええ。でも、男と女でも、ここで愉しむことができるんですよ」

「は？」源四郎は、ぽかんとした。

「だが……衆道で臀の孔を用いるのは、男には女壺がないからだろう。女には、ちゃんと生まれつき女壺が備わっているのだから、わざわざ、別の場所に入れる必要はないではないか」

「ところが、お殿様」お紋は言う。

「お臀の孔の締め具合は、秘女子とは比べものにならないほど強いそうです。だからこそ、女を識っている殿方でも、蔭郎に狂うことがあるんですね」

たとえば、女性の絶頂時における平均的な膣圧《ちつあつ》は、三十水圧から六十水圧である。

そして、膣と後門は8の字の形をした括約筋《かつやくきん》で繋がっているから、膣が収縮する時は後門も一緒に収縮する。

ところが、後門の最高圧力は二百水圧なのだ。つまり、後門性交においては、単純計算で膣の三倍以上の力で男根を締めつけるというわけだ。

「この孔がなあ……」

半信半疑の源四郎は、後門からお紋の顔に視線を移して、

「あなたは、臀の孔に男を迎え入れたことがあるのか」

「まさかっ」お紋は真っ赤になった。

「お臀は締まりが良い分だけ、新鉢を割るのが大変なんです。初めて秘女子に男を迎えるよりも、ずっとずっと痛いものなの」

「ふうむ……」

「あたし、お臀を捧げるほど男に惚れたことはありませんよ……お殿様にお会いするまでは、ね」

「俺に、後ろの操《みさお》をくれるというのか」

「はい……閨《ねや》の業《わざ》に上達なすってから。お臀の孔をお殿様に捧げます」

羞かしそうに、お紋はうなずいた。

そのくせ、泣嬉女《なきめ》——被虐嗜好《ひぎやくしこう》の女だけに、その瞳は、巨根で臀孔を荒々しく引き裂かれる不安と期待で淫《みだ》らに輝いていた。

「そうか、そうか」

上機嫌になった源四郎が、ふと、女華に目を戻して、

「はてな。この上の方で、ちょっとだけ顔を出している木の芽のようなものは、何だ」

彼が見つめているのは、小陰唇の合わせ目にある淫核だった。

「よくぞ、お気づきになりましたね」と、お紋。

「それが、肉珠《にくじゅ》です。お豆とか雛先《ひなさき》とか玉舌《ぎょくぜつ》とも呼びます。女の軀で一番、感じるところなんですよ」

「こんな小さなものが、か」

「そこを撫でられたり、舐められたりすると、女壺の奥から自然と愛汁《あいじゅう》が湧き出して来て、殿方のお道具を迎え入れる準備ができるわけ」

「ほほう……そうなのか」

その返事を聞いたお紋が、にっと笑って、

「お殿様。今まで、そこをいじったことがありませんね」

「改めて言われてみると、そのようだな」

そう言ってから、源四郎は、はっと気づいた。

「そうか。この肉珠を上手にいじらなかったから、お葉の新鉢を割ることができなかったのか」

「はい、よくできました」

寺子屋の師匠が幼い手習《てなら》い子《こ》を褒めるように、お紋は言う。

「最初に臀を叩かれた時にわかりましたけど、やっぱり、お殿様は優秀な弟子です。一を教えたら、五も十も知るんですから」

「お褒めに預かり、光栄です」

源四郎は、わざと生真面目な顔で言って見せる。

「では」お紋は厳《おごそ》かに言った。

「肉珠のいじり方をお教えしましょう、実地で――」

三

どかどかと荒々しく廊下を踏みならす足音が、藤堂源四郎の眠りを打ち破った。

「もはや陽《ひ》は高いというのに、まだ寝ているのか、源四郎は。そんなことだから、改易になってしまうのだっ」

大声を出しているのは、叔父《おじ》の鹿島五郎右衛門であった。

「いかんっ」

源四郎は、あわてて飛び起きる。一瞬で、眠気が吹っ飛んだ。

「あの、あの、おらが今、お取り次ぎいたしますから…」

春吉の必死の制止も振り切って、

「構うな、勝手知ったる甥《おい》の屋敷だ。何の遠慮があるものか。おい、源四郎、いつまで寝ているつもりだ。弛《たる》んでおるぞっ」

五郎右衛門は、さっと障子を開いた。

「源四……あ？」

寝間の様子を見た五郎右衛門は、絶句した。

裸の源四郎が、あわてて下帯を締めようとしているそばに、全裸のお紋が肌襦袢を引き寄せていたからである。

　この二人、色々な態位で四度も濃厚な実技訓練を行い、裸のまま、ぐっすりと寝こんでしまったのだった。夜具の周囲には、後始末をした桜紙が幾つも転がっている。

「あ、叔父上。お早うございますっ」

　精一杯の笑みを浮かべて、源四郎は挨拶をした。

　元勘定吟味役《もとかんじょうぎんみやく》の鹿島五郎右衛門は、眼窩《がんか》が窪んで顎《あご》の角張った頑固そうな顔つきをしていた。会計の不正がないかどうかを検査する勘定吟味役という役目には、ぴったりの風貌といえよう。

　隠居してから伸ばし始めた顎髭《あごひげ》が、五郎右衛門の気難しそうな雰囲気を、さらに強めている。

　額から月代《さかやき》にかけての色艶が良く、少ない髪を懸命に集めた髷は小指ほどの小さなものであった。羽織袴姿で、右手に大刀を下げていた。

　その五郎右衛門は、わなわなと唇を震わせて、

「こ……」

「こ？」

源四郎は首を傾《かし》げた。

「小日向の……」

嚙みしめた歯の間から、言葉を押し出すようにして、五郎右衛門は言った。

「小日向の屋敷までわしを頼って来たというから、大事な甥の再起のために五十両を都合して、持って来てやったというのに……」

「それはどうも、お礼の言葉もございません。さすが、わたくしが常日頃から敬愛する叔父上…」

「誰が叔父上じゃっ」

鹿島五郎右衛門は屋根瓦でも割れそうな大声で、怒鳴りつけた。

「この期《ご》に及んでも、女を引っぱりこんで同衾《どうきん》しているような底なしの道楽者は、もはや、甥でも身内でもない。金輪際《こんりんざい》、わしのことを叔父と思うな。鹿島一門は、そなたと義絶《ぎぜつ》いたすっ」

「待ってください、叔父上。その、つまり、せっかく御持参いただきました五十両は…」

下帯一本の姿で、源四郎は膝立ちになった。

「寄るな、寄らば手討ちにするぞっ！」

広い月代から白い湯気を立てんばかりの剣幕で、五郎右衛門は玄関の方へ去った。

「はあ……」

膝立ちの姿勢のまま、源四郎は溜息をついた。

「ごめんなさい、お殿様。あたしが何度もせがんだから……」

「気にするな、お紋。お前の責任ではない」

そう言って淫戯指南役のお紋を慰めてから、源四郎は、

「しかし、五十両……ううむ」

腕組みをして、思わず唸《うな》った。

五郎右衛門は甥が訪ねて来たと聞いて、暮らしに困っているのだろうと考え、わざわざ金を届けに来てくれたのである。

頑固そうな顔をしているが、甥の源四郎に対して、そういう甘いところのある叔父なのだ。

だが、やって来たタイミングが最悪だったのである。

あれほど激怒しているのなら、今さら、後を追って詫びを入れたところで、性

格的にそれを受け入れる叔父でないことは、源四郎にもわかっていた。

半年くらい後だったら、五郎右衛門は、甥の謝罪を受け入れて許してくれるかも知れない。だが、それまでに源四郎が野垂《のた》れ死《じ》にしないという保証はないのだ。

「――殿様」

廊下に座って、春吉が言った。相変わらず、主《あるじ》を主とも思わぬ、ぶっきらぼうな口調で、

「朝餉《あさげ》はどうするだかね。もっとも、もうじき、正午《ひる》だが……目刺《めざ》しでも焼くかね」

「目刺しどころではない」

源四郎は額に片手をあてて、

「逃した魚が大きすぎたよ――」

第五章　処女割り

一

庭の東屋《あずまや》の上に、高さ十数メートルの榎《えのき》が枝を広げていた。

藤堂家の御先祖が、この屋敷を賜《たまわ》った時にすでにあったというから、樹齢は軽く百年を越しているだろう。

日盛りの庭だが、その枝の下で日蔭になった東屋は涼しい。着流し姿の藤堂源四郎は、そこに横になっていた。

四本の柱を立てて茅葺《かやぶ》きの屋根を乗せ、二方に三尺ほどの高さの袖壁がある。その中には、畳表を敷いた縁台《えんだい》が置かれていた。

その広さは、畳二枚ほどもある。以前は縦長の半畳くらいの普通の大きさだったものを、源四郎が、わざわざ昼寝用にと作り直させたのであった。

朝昼兼用の目刺しの食事を摂った後、源四郎はその縁台に横たわり、顔の上に開いた白扇《はくせん》を乗せて、うつらうつらしているのだ。

縁台の上を、微風が通り抜ける。寝るのに邪魔になる脇差は、腹の上に斜めに乗せてあった。

「……」

源四郎の右手が、ぴくりと動いた。静かに、脇差の柄の方へ伸びる。

が、すぐに右手が元の位置に戻った。

ややあって、庭下駄を履いたお光が近づいて来た。東屋の前まで来たが、何も言えずにもじもじとしていると、

「どうかしたのか」

白扇を顔の上から取りのけて、源四郎は娘に微笑《ほほえ》みかけた。

「お殿様……あの……」

お光は不安げな声で言った。

「わたくしは本当に、この御屋敷に置いていただいても、よろしいのでしょうか」

「ああ、構わぬよ」

源四郎は、むっくりと軀《からだ》を起こして、縁台に座る。脇差は、左横に置いた。

「何しろ、お前が住んでいた長屋を壊してしまったのは、この俺だからなあ。ははは」

お光の心の負担にならないように、陽気に笑い飛ばした。

「春吉やお紋に聞いているだろうが、実は、ここに住めるのも今月の末までだ。まあ、それまでに、お前の身の振り方は考えよう。この屋敷を出て、どこかで住みこみで働くことになったら、それを越後の父親に文《ふみ》で報せてやるから、心配するな」

「でも……そんなにご親切にしていただいても、わたくしは何も御恩返しができません」

そう言ったお光は、縁台に腰かけた源四郎の前に、いきなり跪《ひざまず》いた。

「ですから……お殿様。わたくしを、抱いてくださいましっ」

男の膝に額をつけるようにして、お光は言った。羞《はず》かしくて、源四郎と目を合わせることができないのだろう。

「お光――」

源四郎は、穏やかな声で言った。

「若い娘が恩返しのためだけに操《みさお》を捨てるというのは、感心せんな。本当に相手に惚れているのなら、話は別だが」

「お慕いしておりますっ」

間髪《かんはつ》入れずに、お光が叫んだ。そして、小声になって、

「最初に……長屋で優しくお声をかけていただいた時から、ずっと……」

「そうか」

源四郎は、にっこりとする。

「俺も、お前のことが好きだ」

跪いていたお光の軀を、源四郎は、軽々と自分の膝の上に乗せてしまった。

幼児のように膝の上に横向きに座らされたお光は、嬉しそうに男の広い胸に顔を埋めた。その細い項や襟元《えりもと》から、十八歳の甘い汁の匂いが立ち上る。

源四郎は、娘の顎に指をかけて仰向《あおむ》かせると、唇を重ねた。お光は接吻《せっぷん》すら初めてらしく、唇を少し開いたまま、うっとりとしている。

そのお光の軀を、源四郎は、縁台に仰向けに横たえた。そして、彼女の帯を解いて、着物や肌襦袢《はだじゅばん》の前を広げる。

ほど良い大きさの白い乳房が、剝《む》き出《だ》しになった。乳輪は、紅梅色をしている。

腰を覆っている下裳《したも》は、淡い水色であった。

未明まで、お紋を相手に四度も吐精した源四郎である。にもかかわらず、誰にも触れられたことのない清らかな胸乳《むなぢ》を目にすると、彼の下腹部は熱くなって来た。

生娘《きむすめ》を相手にする時は――と淫戯《いんぎ》指南役のお紋は源四郎に言った。

「決して、急いで貫こうとしないこと。初めてだから、女子《おなご》の軀は不安で強《こわ》ばって、かちかちになってます。だから、お乳やあそこやお臀を優しくいじったり舐めたりして、相手の軀が充分にほぐれてから、おもむろに重なるんです。いいですね――」

そうして、お紋は、女体《にょたい》の感じる場所とその愛撫法を懇切丁寧に教えてくれたのである。

源四郎は、その教えに従って、お光の右の乳房に顔を近づけた。汗で湿った乳頭を、唇で嬲《なぶ》る。

「あっ………ァァ」

ただそれだけで、お光の軀は、ぴくんと肩を震わせた。男識《し》らずの乙女だけに、敏感すぎるほどの反応である。

（なるほど、なるほど）源四郎は感心した。

（お紋師匠の教え通りだ。感じる場所を、感じるようにいじれば、生娘でも感じる――と）

乳房への愛撫は左右を平等に――というお紋の教えを守りながら、源四郎は、丁寧に胸を刺激した。唇と舌と指を、同時に駆使する。

そして、下裳の前を開いた。

逆三角形の恥毛に飾られた亀裂から、ほんの少しだけ花弁が顔を覗かせていた。肉の花弁は薄桃色をしている。

十八歳の花園は、その持ち主の性格と同じように、慎ましい形状であった。

それを見た源四郎は、お紋の別の指導を思い出した。

処女を攻略する場合は、手順を踏んで艶情《えんじょう》を掻きたててゆくのが原則だが、時として、いきなり本丸を攻めるのも効果的である――という教えであった。

源四郎は、お光の秘部に顔を近づけた。そして、ぺろりと舌で亀裂を舐め上げる。汗か、別のものなのか、舌先が少し塩分を感じた。

「ひィあっ」

お光の背が、弓なりに反《そ》りかえった。その隙《すき》に、源四郎は、閉じていた娘の太腿《ふともも》を左右に広げる。

そのため、亀裂の下端だけではなく、蜜柑色《みかんいろ》をした後門までが見えるようになった。

源四郎は再び、秘部に顔を寄せた。今度は、唇を押しつける。本格的な性器接吻であった。

「駄目ぇ……そこは羞かしいの……」

身を捩《よじ》って、喘《あえ》ぎながらお光は言う。

「よしよし、良い子だ」

そう言って宥《なだ》めながら、源四郎は舌を使った。花園の内庭を舐めたり、丸めた舌先を女壺の中に侵入させたりする。

たちまち、肉体の最深部から熱い愛汁《あいじゆう》が湧き出して来た。その秘蜜を、源四郎は、わざと音を立てて啜《すす》る。お光の性感神経を、聴覚から刺激するためだ。

「あァァーんっ、あァんっ」

自分の分泌液を吸われる——という予想だにしなかった行為のもたらす強烈な快感に、お光は全身をうねらせる。愛汁を啜りとる卑猥な音が聞こえたことで、乙女の官能は、さらに高まっていた。

(なるほど、師匠の教え通りだ)

源四郎は感心した。

(こうやって秘点《つぼ》を攻めれば、生娘であっても、これほど悦《よ》がるものなのだな。伊豆のお葉は、ただ羞かしげに横たわっているだけであった。俺は何も愛撫をせず、闇雲に入れようとしたからなあ。今、考えれば、罪なことをしたものだ……)

すっかり燃え上がったお光の花園は、溢れるほどの透明な愛汁を湛《たた》えて、皮鞘《かわざや》から露出した淫核は、膨れ上がって肉の真珠のように輝いている。

源四郎は、その肉の真珠を攻めることにした。直《じか》に淫核に触れるのではなく、その根元の部分を、皮鞘の上から指の腹でそっと撫でた。

「そんな……蕩《とろ》けそう……」

弱々しく、お光は掠《かす》れ声で言う。

愛汁の分泌がさらに激しくなり、溢れて後門まで濡らしてしまった。その臀孔が、ひくりと収縮する様《さま》も色っぽい。

(もう、破華《はか》の頃合だろう)

すでに、源四郎の股間の凶器は猛《たけ》り勃《た》ち、下帯を突き破りそうなほどであった。

源四郎は着流しの前を開いて、下帯の脇から肉根を摑み出す。そして、石のように硬くなっているそれを、濡れそぼった処女の花園にあてがった。

ゆっくりと体重をかけて、貫く。

二

「――アアアっ！」

快感のためではなく激痛のために、お光の背は太鼓橋《たいこばし》のように反りかえった。

全身から、汗の粒が噴き出す。

だが、その時には、源四郎の長大な巨根は、女体への侵入をほぼ完了していた。

そこで、源四郎は腰の動きを停止させる。

素晴らしい肉襞《にくひだ》の締めつけを、源四郎は味わっていた。聖なる肉扉を引き裂かれた花孔が、きちきちと彼の肉根を圧迫している。

(品川で妓《おんな》を水揚げした時とは、全く違う……やはり、お紋の言う通り、あれは偽《にせ》の生娘だったのだな。これが、本物の生娘の破華の味……俺は生まれて初めて、生娘を抱いたのだ)

深い感激に包まれた源四郎であったが、すぐに、相手のことが心配になってきた。

「大事ないか、お光」

汗まみれになって呻《うめ》いている十八娘に、源四郎は静かに語りかけた。

「辛い思いをさせて、すまなかったな。だが、安心しろ。一番痛いことは、もう済んだぞ」

「お殿様……」

半分だけ開いた目で、お光は源四郎の顔を見た。

「わたくし……女になったのですか」

「そうだ。お光は、もう一人前の女だ。俺の女になったのだぞ」

そう言い聞かせると、お光の双眸《そうぼう》から、ぽろぽろと浄い涙が流れ落ちる。

「嬉しい……本当に嬉しいです……」

それを見た源四郎も、胸がじーんと熱くなった。

(この娘は、女の一番大事なものを俺にくれたのだ。何とかして落ち着き先を見つけて、幸せにしてやらねば……)

源四郎が顔を近づけると、お光は自分から頭をもたげて、唇を合わせる。そして、男の口の中へ舌を入れて来た。

源四郎が舌を絡めると、痛いほど吸ってくる。彼の背中へ両腕をまわして、しがみついてきた。

(うむ、良いものだ)

互いに舌を吸い合いながら、源四郎は思った。

(破華の味わいもさることながら、生娘から女になったお光の感激ぶりが、本当に愛《いと》おしい……愛おしくて可愛くて、もう、たまらぬ……)

ややあって、口を外した源四郎は、お光の潤んだ瞳を覗きこみながら、

「お光。男と女はこのように重なり合うだけではなく、腰を動かさねばならぬ。また痛むかも知れんが、耐えてくれるか」

「はい、お殿様」

お光は、こっくりとうなずいた。

「こんなに優しくしていただいて、わたくしは仕合わせ者です。お殿様にならら、命をとられてもかまいません。どうぞ、ご存分に……」

「こいつめっ」

喉の奥から激情がこみあげて来て、源四郎はぶつけるように接吻をした。お光の唇も舌も、激しく貪《むさぼ》る。

そして、接吻しながら、腰の律動を開始した。新鮮な肉襞と玉冠部《ぎょくかんぶ》の縁《ふち》が擦《こす》れ合って、蕩けるほどの快感が腰に伝わる。

その快感の強さに、源四郎は、思わず抽送の速度を速めようとした。だが、

(あっ……いかん、いかんっ)

源四郎は、あわてて自分の激情に制動をかけた。

(お紋師匠の教えでは、生娘や経験の少ない女子を相手にした時には決して力任せに動かず、様子を見ながら強弱を加減するのだったな……忘れるところだった)

お光の反応を観察しながら、源四郎は、ゆっくりと腰を動かす。無論、袂《たもと》で額の汗をふいてやったり、硬く尖った乳頭を舌先で舐めたりすることも忘れない。

そのようにして四半刻《しはんとき》――三十分ほど愛姦を続けていると、お光の悦声《よがりごえ》が小刻みになり、甲高《かんだか》くなった。

(今だ……っ!)

源四郎は、自制に自制を重ねていた水門を開放した。夥《おびただ》しく、吐精する。

ほぼ同時に、お光も悦楽の頂点に達した。全身を突っ張らせて、筋肉を痙攣《けいれん》させる。

あまりにも甘美な締めつけを繰り返す女壺の奥へ、源四郎は、どくっどくっ……と白濁した溶岩流を注ぎこんだ。腰全体が溶けてしまいそうなほど、大きな快感を覚える。

「…………」

荒い息を鎮めながら、源四郎は左手を、そろそろと傍らの脇差に伸ばした。

お光は半ば失神したように、ぐったりとしている。生まれて初めて絶頂に達した十八娘の顔には、深い満足感があった。

ついに、源四郎の左手が、脇差の鞘を摑んだ。

その瞬間、東屋の袖壁《そでかべ》を飛び越えて、縁台の源四郎に襲いかかった者があった。

「むっ」

しかし、曲者《くせもの》の刃物が源四郎の軀に突き立てられるよりも先に、脇差の鞘の先端がそいつの喉元を突いていた。

「ぐほァっ！」

そいつの軀は、縁台から転げ落ちて、袖壁に叩きつけられる。そして、そのまま動かなくなった。

「急に動いたから、痛かっただろう」

結合したままで、源四郎が軀をひねったので、半勃ち状態の肉根がお光の花孔の内部で暴れたのである。その部分に疼痛《とうつう》があるだろうに、お光は、感心にも悲鳴一つ上げなかった。

「怖がらなくて良い、もう大丈夫だからな」

源四郎は懐紙《かいし》を揉んで柔らかくすると、愛姦の後始末をした。女になったばかりの秘部を丁寧にふいてやると、お光はひどく恥じらう。

「さあ、母屋《おもや》へ行って、春吉にこのことを話すのだ。そして、お紋に来るように、と。頼むぞ」

「は、はい……」

身繕《みづくろ》いをしたお光は、急ぎ足で母屋の方へ向かった。しかし、腰に力が入らないのか、時々、よろめく。

源四郎も身繕いをしながら、気を失っている曲者を観察した。

源四郎ほどではないが背の高い奴で、藍色《あいいろ》の手拭いで頬被《ほおかぶ》りをしている。月代《さかやき》を伸ばしているので、堅気ではなく遊び人のようであった。

焦げ茶色の小袖の裾《すそ》を、臀端折《しりっぱしょ》りにしている。胸には白い晒《さら》しを巻き、白い木《き》股《また》を穿《は》いて、足には草鞋《わらじ》を履いていた。

源四郎は曲者の帯を解くと、後ろ手に縛《しば》る。そして、男の肌着の袖を引き裂いて、緩く猿轡《さるぐつわ》を嚙ませた。

こいつの側に転がっている刃物は、火箸《ひばし》よりも細い両刃《もろは》であった。刃渡りは五寸――十五センチほどである。

柄は二寸ほどだが、形が変わっていた。徳利を縦に引き延ばしたように、途中が窄《すぼ》まっている。

それを拾い上げた源四郎は、柄頭《つかがしら》の中央に孔《あな》が開いているのを見た。しかも、煙脂《やに》のにおいがする。

「ふうむ。これは煙管《きせる》の吸い口か……」

曲者が腰に差した煙草《たばこ》入れを調べると、煙管筒の中に煙管の火皿と羅宇《らう》が残っていた。つまり、煙管剣とでも呼ぶべき隠し武器なのである。

羅宇の内部に両刃の刃物が収納されており、吸い口の方を握って引き抜くという作りだ。

この曲者は、右の逆手で煙管剣を握り、左手で右手を上から包みこむようにして、源四郎の首筋を突こうとしたのだった。

吐精の余韻にひたっている隙を狙って、源四郎を殺そうとしたのである。

もしも、源四郎がお光の瑞々《みずみず》しい肉体に溺れてぼんやりして、袖壁の向こうで殺気が膨れ上がったのに気づかなかったら、今頃は三途《さんず》の川を渡っていたかも知れない。

問題は、この曲者がどういう理由で源四郎を殺そうとしたのか――であった。

源四郎は、藍色の手拭いを剝《は》ぎとって見た。

「見覚えがないな……」

少し険があるが、きりっとした顔立ちの若い男である。年齢は二十一、二だろうか。

「――お殿様っ」

裾前を乱して駆けつけて来たのは、お紋であった。

蒼ざめた女壺振《おんなつぼふ》りは、源四郎の胸に飛びこんで、かじりつく。その肩は震えていた。

「よくぞ、御無事で……」

「心配をかけたか。済まなかったな」

源四郎は、その背中を軽く叩いてやる。そして、彼女が落ち着いてから、

「ところで、これを見てくれ」

煙管剣と煙草入れを、源四郎は、お紋に見せる。

「これは、素人《しろうと》の持ちものじゃありませんね。やくざの得物《えもの》でもありません。たぶん、こいつは死客人《しかくにん》でしょう」

「死客人……死客人とは何だ」

「金をもらって見ず知らずの相手を殺す稼業の奴らですよ。あたしら無職渡世《ぶしょくとせい》のやくざは人間の屑《くず》ですが、そのやくざよりも質《たち》の悪い、本物の外道《げどう》です」

吐き捨てるような口調で、お紋は言った。

三

死客人――江戸時代初期には、処刑人《ころしにん》と呼ばれていたらしい。上方《かみがた》では、闇討ち屋と呼ぶ。

つまり、プロの殺し屋である。

江戸や大坂のような大都会では、ありとあらゆる欲望と陰謀が渦を巻いている。

そのような空間では、金で殺しを引き受ける仕組みが自然と生まれた。

その実行者が、死客人なのである。

通常は依頼人と死客人の間に仲介人が入って、両者が顔を合わせないようにしていた。

浪人くずれの死客人は刀を使うし、毒薬を用いたり、紐で絞め殺すのが専門の奴もいる。そして、この曲者《くせもの》のように日用品に偽装した隠し武器を使う者もいた。

「しかし、誰に頼まれて俺の命を…」

「吐かせましょうっ」

お紋は、いきなり、曲者の顔を平手打ちにした。

「む……」

目を開いたそいつは、源四郎とお紋を睨みつける。

「おい、兄さん」お紋は言った。

「お前さんも、何とかの何五郎とかいう粋《いき》な渡世名《ふたつな》を持つ死客人なら、潔《いさぎよ》く白状しな。誰に頼まれて、お殿様を殺そうとしたんだいっ」

「へっ」

しゃがれた声でせせら笑う、死客人であった。喉を強く突かれたから、まともに声が出せないのだろう。

猿轡を嚙ませてあるから、舌を嚙んで自殺することはできない。

「おい」源四郎が言った。

「お前は、夕べから庭に潜んでいたのではないか。お紋と一緒の時に感じた殺気は、お前のものだろう」

「まあっ、あの簪《かんざし》を抜いた時の？」

お紋は真っ赤になった。

その後のあられもない絡み合いの一部始終を、この死客人に見られた——と気づいたからだろう。

「このいやらしい覗き屋めっ」

照れ隠しに、お紋は、右手で相手の胸倉《むなぐら》を掴んだ。そして、左手で引っぱたこうとして、

「あら、まあ……？」

「どうかしたのか、お紋」

お紋は、死客人の晒し布を巻いた胸をまさぐって、

「こいつ……女ですよ」

「何だとっ」

驚いた源四郎も、晒しの上から触れてみた。たしかに、大きくはないが乳房の

盛り上がりがある。

念のために、源四郎は、白い木股に包まれた股間の方も撫でてみた。薄い布地の下に、肉根と玉袋ではなく、ふっくらとした秘丘に縦の割れ目があるのがわかった。

間違いなく、男装の女である。女の部分を撫でられても、死客人は身動《みじろ》ぎもしない。

男なら二十一、二と見たが、男装の女ということであれば、年齢は二十三、四というところか。

並の男よりも背が高いから、女としてはかなりの長身で、肩幅もあり、全身が引き締まっていた。運動能力は、かなり高いようであった。

「女の身で、殺し屋をやっているのか……」

眉《まゆ》をひそめて、源四郎は女死客人の顔を見つめた。

「お前、名は何という」

「――がき」

ぼそり、と女死客人は言った。ようやく、普通の声が戻ったようである。

「がき?」

「牙《きば》の鬼と書いて、牙鬼だよ」

「なるほど、なかなか勇ましい名だな」

源四郎は微笑んだ。

「いっそのこと、鬼ではなく、姫にすれば良かったろうに。〈きばひめ〉と書いて牙姫《がき》というのも、ちょいと粋だぞ」

「俺は女じゃねえっ」

牙鬼は叫んで、そっぽを向いた。

「そうか」

源四郎は逆らわずに、聞き流した。

「で、牙鬼よ。誰から頼まれたのか言えないのなら、せめて、どういう理由で俺を殺そうとしたのか、それを教えてはくれぬか」

「………」

「身に覚えはないが、怨みか。それとも、俺が生きていると邪魔な者がいるのか。俺が死ぬと、誰かが得をするのか。どうだ」

「………」

女死客人は、ふて腐れたような顔で一言も喋らない。

「……お殿様」

冷たい表情になったお紋が、

「こいつを、縁台の上に乗せていただけますか。俯《うつぶ》せにして」

「何だ、こうか」

源四郎は、後ろ手に縛った女死客人の軀を軽々と縁台の上に乗せた。

「そして、その足をこっちへ……ええ、そうです」

女死客人・牙鬼は、奇妙な格好にされた。胡座《あぐら》をかいたまま、前に倒されたような姿勢である。

臀部《でんぶ》を後方に突き出して、額と両膝の三点で自分の体重を支えている格好だった。組まれた両足は、自分では解くことができない。

お紋は、例の煙管剣を摑むと、木股を斬り裂いた。そして、木股の残骸を引き剝がしてしまう。

「あっ！」

牙鬼が、猿轡の奥で小さく叫んだ。

臀の双丘《そうきゅう》が、剝き出しになった。それどころか、足を組んでいるので、臀の割れ目の奥底にある排泄孔《はいせつこう》も女の花園も完全に露出している。

排泄孔は、薄い小豆色《あずきいろ》をしていた。そして、亀裂と肉厚の花弁は紅色をしている。

花園を飾る恥毛は、一本もない。無毛であった。

「何だ、かわらけかい」

お紋が小馬鹿にしたように、鼻を鳴らす。

土器と書いて〈かわらけ〉と読む。素焼きの陶器のことである。

この時代の淫語で、無毛の秘部をかわらけと呼んだ。つるりとした曲面からの連想であろう。

「お紋、何をしようというのだ」

「お殿様。この格好はね、座禅転がしと申します。小伝馬町《こてんまちょう》の女牢《おんなろう》で、牢番たちが女の科人《とがにん》を手籠《てごめ》にする時に、こんな格好にするそうですよ。前も後ろも大事なところは丸出しで、しかも、一切、抵抗できないってわけです」

「牢内で、そんなことが……酷《むご》い話だな」

「さあ、お殿様」

お紋は冷酷な目つきになって、

「こいつの秘女子に、自慢の巨根をぶち込んで、情け容赦なく思いっきり犯しまくってくださいな」

「えっ？」

女の口から出たとは思えぬ非情な言葉に、源四郎は驚いた。

「こいつらは、殺しの玄人《くろうと》ですから、尋常な手段じゃ口を割りません。男なら指を一本ずつへし折って行くって手もありますが、女なんだから手籠にした方が早いでしょう」

それを聞いて、さすがに牙鬼も顔を強《こわ》ばらせている。

「いや、しかし、それは……」

源四郎が躊躇《ためら》うと、お紋は、彼の前に跪いた。

「お光ちゃん、無事に破華を終えて良かったですね。指南役としても鼻が高いです」

着物の前を開いて、お紋は、下帯の中の肉根を取り出す。

「元気づけに、あたしが、しゃぶらせていただきますよ」

項垂《うなだ》れている柔らかい肉根を、お紋は咥《くわ》えた。口の中で、舌で刺激する。同時に、右の掌《てのひら》で玉袋を転がすように撫でていた。

「ふ、ふふ」くぐもった声で、お紋は言う。

「お光ちゃんのあそこの味がするわ……お殿様に女にしていただくなんて、憎らしくなるほど羨《うらや》ましい……あたしまで、感じてきちゃった」

お紋は踵《かかと》の上に乗せた臀を、もぞもぞと蠢《うごめ》かす。秘処《ひめどころ》は濡れているのだろう。

彼女の巧みな口唇奉仕によって、さきほど大量に放ったにもかかわらず、源四郎のものは猛々《たけだけ》しくそそり立った。

「凄い……本当に……」

呻くように言ったお紋は、自分の手首よりも太い茎部に愛しげに頬ずりをする。

それから、源四郎を牙鬼の背後に立たせた。

「お殿様のお珍々は石のように硬いから、ここが濡れていなくても、貫けるでしょう。下の口をこじ開けたら、上の口も自然と開いて、この女も何でも喋ります よ」

お紋は、毒々しい口調で言った。

「さあ、ねじこんで――」

巨根の先端を、女死客人の秘部に密着させた。

「ひィィっ」

あまりの巨大さに、牙鬼が悲鳴を洩らす。

「——待て、お紋」

源四郎は、強姦の介添え役を務めようとするお紋を、そっと押しのけた。そして、意志の力で肉根の屹立《きつりつ》を解く。

「お殿様、どうしてっ」

肉根を下帯の中に仕舞いこんだ源四郎に、お紋は信じられないという顔になった。

無言で、源四郎は、牙鬼の縛《いまし》めを解いてやる。

解かれた瞬間に、牙鬼の軀は跳んでいた。袖壁を飛び越えて、その向こうに着地する。

人間というよりも、密林に棲む野獣のような筋力と敏捷《びんしょう》さであった。

「何で、帯を解いたっ」

牙鬼は尋ねた。

「もういい」と源四郎。

「お前は去れ。ほら、忘れ物だ」

煙草入れと煙管剣を、牙鬼の方へ放ってやる。

「せっかく捕まえたのに、どうして、こいつを逃がしてしまうんですかっ」

お紋が、源四郎の腕にすがりついた。

「俺は、身動きできぬ女を手籠にするような卑劣漢《ひれっかん》にはなりたくない」

「何を言ってるんです、相手は死客人ですよ。女と思って情けをかけちゃ、いけませんっ」

「死客人だろうが何だろうが、俺は女を泣かせるような真似は厭《いや》だ」

きっぱりと源四郎は言った。

「あいつを逃がしたら、また、お殿様の命を狙いますよ。恩とか義理とか、そんなものを弁《わきま》えてるような奴らじゃないんだからっ」

「仕方があるまい。せいぜい、生き延びられるように用心することにしよう」

そう言ってから、源四郎は、牙鬼の方を見て、

「言っても聞くまいが……牙鬼。できることなら、死客人という稼業から足を洗え。女が人を殺すのは、良くない。いや、男なら殺しても良いというわけではないがな」

「……覚えてろっ」

女死客人・牙鬼は身を翻《ひるがえ》して、裏手の木立の中へ消えた。野獣のような素早さであった。

それを見送った源四郎は、お紋の方を向いて、

「お前は、あの女死客人とは初対面なのだろう?」

「ええ……」

「それにしては、親の仇敵《かたき》にでも遭ったような態度だったな」

「お殿様……」

お紋は、力なく縁台の端に腰を下ろした。

「あたしには昔、言い交わした人がいたんですよ」

しんみりとした口調である。

「うむ」

源四郎も、お紋の隣に座った。

「若いけれど、名人とまでいわれた指物師《さしものし》でした。それが、お大名のお姫様の嫁入り道具の注文のことで揉め事が起こり、そのいざこざに巻きこまれて、商売敵《がたき》が雇った死客人に殺されてしまったんです」

「それは気の毒な……」

「勿論《もちろん》、下手人は捕まりませんでした。それで自棄《やけ》になって……あたしという女は、背中に彫物まで入れた博奕打《ばくちう》ちに成り下がっちまったんですよ」

お紋の目には、涙が浮かんでいた。

「だから、死客人と名のつく者が憎かったのだな」

「はい……」

そう言って目を伏せるお紋の肩を、源四郎は、そっと抱いてやった。

「俺はな、お紋。あの女死客人だけじゃない。お前にも、やくざ渡世から足を洗って欲しいんだ。もっとも、その後の面倒を見てやる甲斐性すらない、情けない男の願いだがな」

「お殿様っ」

お紋は、源四郎の首に抱きついた。狂ったように、接吻を求める。

涙の味のする接吻に応じながら、藤堂源四郎は、胸の中で溜息《ためいき》をついていた。

（梔子殿、お紋、お光……みんな幸せにしてやりたい……だが、俺に金はない……もうすぐ、家屋敷もなくなる……さて、一体、どうすれば良いものか）

第六章　濡れて濡れる

一

「さあ、お光ちゃん。握ってごらん」

お紋の言葉に、お光は、おずおずと両手を伸ばして、

「あの、こうですか――」

血管が浮き出た肉柱に、指をまわした。しかし、十八娘の小さな手では、指がまわり切れないほど太い。

しかも、両手で握っても、まだ茎部が三分の一ほども余っている。それほどの巨根であった。

女死客人《おんなしかくにん》・牙鬼の襲撃があった日の夜――藤堂屋敷の広い湯殿である。

湯槽は枡形《ますがた》で、床に埋めこみ式になっていた。そして、洗い場には簀《す》の子《こ》が敷

きつめられている。湯槽の縁の高さは、簀の子から一尺ほどであった。

靄《もや》のように白い湯気が漂う湯殿にいるのは、藤堂源四郎とお紋、お光の三人だ。

すでに、夕食は済んでいる。お紋が源四郎に、三人で入浴することを提案したのであった。

無論、源四郎としては断る理由がない。春吉に何事か耳打ちしてから、彼は、先に湯殿へ向かったのである。

それから、お紋が恥じらうお光を連れて、湯殿へ来た。単に男の背中を流すだけなら、女は襷掛《たすきが》けをして着物の裾《すそ》を絡げれば済むことだが、二人とも全裸になって入って来たのである。

源四郎が湯槽に浸かっていると、二人の女は後ろ向きになり湯で下腹部を浄めてから、彼の左右に並んで軀《からだ》を沈めた。

そして、源四郎は、二人の美女と交互にくちづけをしながら、乳房や下腹部を愛撫したのである。

それから、源四郎は立ち上がり、湯槽の縁《ふち》に後ろ向きに臀《しり》を乗せた。つまり、お紋とお光の方に向かって、足を広げて座ったのである。

その時は、まだ、彼の股間の凶器は休止状態であった。お紋は、その柔らかい肉塊を両手で愛撫する様子を見せて、お光に学習させた。

そして、黒光りする肉根が天を指してそそり立つと、お紋は、お光に奉仕を命じたのであった――。

「硬いんですね。石みたいに硬いのに、弾むような手応えもあって、本当に男の人のものって不思議……」

眩《まぶ》しそうな目つきで男根を見ながら、お光は言った。

男が女器の機能を奇妙に感じるのと同じように、女もまた、男根の有り様を訝《いぶか》しく思うのであった。

「これは、お珍々というの」と、お紋。

「言ってごらんよ、お光ちゃん」

「お…お珍々……」

蚊《か》の鳴くような声で、お光は言う。

「お殿様のお珍々にご奉仕させてください――と言うのだよ」

「お殿様の……おち……お珍々に、ご奉仕させてください」

顔を真っ赤にしながら、お光は言うことができた。

「うんうん、偉いね。良く言った」

褒めるべきところは褒める、お紋であった。

「じゃあ、お珍々を両手で擦《こす》り立てて……そう、そうよ」

お紋は、玉冠部《ぎょくかんぶ》に顔を近づけて、

「そうやって上下に擦りながら、頭の方を舐めるの。こんな風に、ね――」

ちゅっと音を立てて、お紋は、柿の実のように丸々と膨れ上がった玉冠部に接吻《せっぷん》した。それから、唇の間から舌先を出して、玉冠部を舐める。

「……」

お光は、大きな目を見張って、お紋の舌技を凝視していた。

「殿方が一番気持ちが良いのは、この先端の切れこみ……」

放水孔を舐めながら、不明瞭な声で、お紋は説明する。

「それと、この鰓《えら》の周囲……」

源四郎の巨根は、玉冠部の縁が開いており、その下のくびれとの段差が著《いちじる》しい。

お紋は、くびれに舌先を突っこみながら、玉冠部の縁を舐めた。

「むむ……」

あまりの巧みさに、源四郎は思わず唸《うな》る。

「だけど、幾ら気持ちの良い場所だからといって、あんまり強く舐めちゃ駄目よ。

刺激が強すぎると、かえって、くすぐったくなっちまうから」

「はい、わかりました」

真剣な表情で、お光はうなずいた。お紋は、さらに先端を咥《くわ》えて、口の中で舐めまわす技法を見せてから、

「じゃあ、こう言うのだよ。お光に、お珍々をしゃぶらせてください──ってね。あんたみたいな可愛い娘の口からそういう淫《みだ》らな言葉を聞くと、殿方は本当に興奮するんだから」

男の心理を知り尽くしているような、お紋であった。

「さあ、言ってごらん」

「お光に……お殿様のご立派な、おちん…お珍々を……しゃぶらせてくださいまし」

指示されたよりも、さらに刺激的な文言《もんごん》にするお光であった。

「うむ、許す」

鷹揚《おうよう》に答える源四郎であった。そして、清純な容貌の十八娘が男根に舌を這《は》わせる様子を、見下ろす。

心地よい感覚が、腰椎《ようつい》の先端に走る。技術的には、お紋の足元にも及ばぬほど

拙《つたな》いが、本物の愛情がこもっている奉仕であった。

それを指南したお紋も、偉い。普通なら若い娘に嫉妬して、お光に意地悪をしても可笑《おか》しくない立場なのだ。

そのお紋の頬を、源四郎は、感謝の心をこめて手の甲で撫でてやる。その心遣いが伝わったのだろう。お紋も嬉しそうに男の手に頬を擦り寄せた。

ぴちゃぴちゃと淫靡《いんび》な音を立てて、お光は、舌を使った。巨根を舐めまわし、さらに、精一杯に口を開いて、頬張る。

お光が、噎《む》せそうなほど深く男根を呑んでも、まだ茎部の半分が残っていた。

頭を上下に動かして、お光は、肉の凶器に奉仕する。

「良い子だね。じゃあ、あたしは、こっちにご奉仕するよ」

そう言って、お紋は、肉柱の根元に顔を埋めた。重い玉袋に、唇と舌を這わせた。袋ごと睾丸を口に含んで、舌で転がしたりする。

二人の美女の口唇奉仕を、男根と玉袋の双方に同時に受ける――男として、大いに喜ばしい状況であった。

源四郎は、右手でお光の肩を撫でて、左手でお紋の背中を撫でる。

この二人は、金銭のために源四郎に奉仕しているのではない。源四郎を恋い慕っているからこそ、献身的に奉仕しているのだ。

いかなる王侯貴族や権力者であっても、どんな大金持ちでも、二人の美女から同時にこのような真摯《しんし》な奉仕を受けることは、難しいであろう。金で娼婦の肉体を買うことはできるが、真心までは買えないからだ。

源四郎は顔は動かさずに、ちらっと目だけを脱衣所の方へ向けてから、

「む……精を放つぞ」

そう宣言した。すると、玉袋を舐めていたお紋が、

「どうぞ、お殿様、ご存分に。お光ちゃん、みんな口で受け止めるのだよ」

「んん……」

巨根を咥えたままで、お光はうなずいた。そして、頭を上下に動かすのを、速める。

源四郎の性感が、急に高まって来た。両手でお光の頭を摑んで、くいっくいっ……と腰を浮かせる。

次の瞬間、白い溶岩流が爆発的に噴出した。お光の喉の奥に叩きこまれる。

「うぐ……………っ」

お光は辛《かろ》うじて、その怒濤の攻撃に耐えた。耐えただけではなく、喉を鳴らし

てその雄汁《おじゆう》を嚥下《えんげ》する。

吐精の間も、お紋が玉袋を舐めているので、源四郎の快感は長く続いた。

ようやく吐精が終了すると、お光は、舌で男根を浄める。玉袋から顔を離したお紋も、それに協力した。

二人の美女の舌で男性器を洗われるのは、非常に心地よい。その刺激のためか、源四郎のそれは吐精したのに、少しも衰えずに天井を指したままであった。

「お光ちゃん、お殿様のお情けをいただくのよ」

お紋が促すと、お光はかぶりを振って、

「いえ、姐《ねえ》さんがお先に」

「あたしは二番手でいいの。さあ、お待たせせずに、早く跨《また》がって」

「跨る……？」

湯の中から立ち上がったお光だが、まだ正常位の経験しかないために、座位の遣《や》り方《かた》がわからないのだった。

「よし、お光。後ろを向いてごらん」

源四郎は、お光を自分の前に後ろ向きに立たせる。背面座位で結合しようというのだ。

「そのまま、俺の上に臀を下ろして……うむ、そうだ」

「んう……」

お光は目を閉じて、眉間《みけん》に縦皺《たてじわ》を刻んだ。

長大な剛根が、女になったばかりの花孔に真下から侵入したからである。

額に珠《たま》の汗を浮かべて源四郎の男根に奉仕をしているうちに、お光の女華は、前戯の必要がないほど濡れそぼっていた。

足を開いて湯槽の縁に座った源四郎に、お光は、後ろ向きに跨っている。彼女の下肢《かし》は大きく開かれて、男の足の外側に垂れた。

したがって、湯槽に軀を沈めているお紋は、男女の結合部を間近《まぢか》に見ることができた。

若々しい薄桃色の花弁を、黒々とした巨大な肉根が貫いている様《さま》は、非常に淫靡《いんび》であった。

源四郎は背後から、お光のまろやかな乳房を両手で愛撫しながら、

「痛くはないか、お光」

「平気です……だけど、何だか変な感じ……」

まだ生まれてから二度目の性交なのに、背面座位で真下から女壺《にょつぼ》を貫かれると

いう特異な態位なので、正常位との感覚の相違がわからないのだろう。

「無理はしなくて良いのだぞ、辛かったら、遠慮せずに言うのだ」

そう言いながら、源四郎は、お光の首の付根に接吻する。

「あァ……」

源四郎の優しさに対する感激と接吻による刺激の両方のせいで、お光はか細い呻《うめ》き声を発した。

あまり強すぎないように気遣いながら、源四郎は、ゆっくりとお光の狭い女壺を突き上げる。男の膝の上で軀を揺らしながら、お光は、次第に甲高《かんだか》い喘《あえ》ぎを洩らすようになった。

お紋は、結合部に顔を埋めた。花孔に入りきれない男根を舐め、お光の淫核をしゃぶり、男の玉袋に舌を這わせる。

そんな風に合体している二人の快楽に協力しながら、お紋は、自分でも右手で秘部をいじっていた。

やがて、お光は、「あひ、あひっ、あひィ……」と言葉にならない悦声《よがりごえ》を発するようになった。その肉体は、急速に熟して来たらしい。

お光を快楽の絶頂に導くために、源四郎は、力強く突き上げた。

「―――アアアっ」

歓喜の叫びを上げる十八娘の肉壺の奥に、源四郎は、したたかに放った。

先ほど吐精したばかりだというのに、その聖液は濃厚であった。勢いよく奥の院に衝突して逆流し、結合部から溢れて、玉袋まで濡らす。

お紋は、そこに唇を当てると、音を立てて聖液を啜《すす》った……。

二

それから半刻《はんとき》――一時間ほどして、湯上がりの肌を火照《ほて》らせた源四郎は、着流し姿で北東の座敷の前に立っていた。

梔子殿の部屋である。夜になっても暑いのに、庭に面した障子は閉めきってあった。

「梔子殿、よろしいかな。開けますぞ」

そう断ってから、源四郎は、障子を開いた。

梔子殿は、夜具の上に正座している。

地味な寝間着《ねまき》姿であった。源四郎の母の寝間着である。

「……………」

何も言わないが、梔子殿の目に怒りの色があった。

「夜分、申し訳ない。重大な話があるので」

源四郎は畳の上に座って、梔子殿と対峙《たいじ》した。

「さて、梔子殿。わたくしと女たちとの媾合《こうごう》をご覧になった感想を、承《うけたまわ》りたい」

あっさりと言い放つ、源四郎である。

思わず、梔子殿は「あっ」と小さく叫んだ。

「春吉に命じて、わたくしが女二人と湯殿で交わっているところへ、わざと梔子殿を来させたのは、策略です」

そう言いながら、源四郎は膝を進めた。湯殿へ行く前に、源四郎は春吉に、女たちが入ってから四半刻ほどしたら、「風呂が空きました」と梔子殿に言えと命じておいたのだ。

「っ！」

梔子殿は身を翻《ひるがえ》して、隣の座敷へ逃げようとする。が、源四郎は、背後から彼女をかかえこんだ。

そして、夜具の上に胡座《あぐら》をかくと、梔子殿の懐《ふところ》へ右手を滑りこませた。小さいが形の良い乳房を、摑む。

「お、お放しくださいっ」

さすがの梔子殿も、この屋敷に来て初めて言葉を発した。

「ようやく、梔子ではなくなりましたな」

乳頭を弄《もてあそ》びながら、源四郎は言う。

「あなたは、わたくしが女たちに男のものをしゃぶらせているのを見ただけではない。それどころか、お光とお紋を可愛がるところまで、ずっと盗み見されていた。そうですな」

「後生《ごしょう》だから、堪忍して……」

梔子殿は、弱々しく抗《あらが》った。

「我らの痴態《ちたい》を見て、すぐに脱衣所から立ち去るような潔癖な御方《おかた》なら、わたくしも無理強《じ》いはしません。しかし、ずっと覗いているような淫心をお持ちとわかれば、これは男として手籠《てごめ》にしても構わぬ——と判断しました」

源四郎は体重をかけて、梔子殿を横向きに押し倒した。そして、乱れた裾前から左手を差し入れる。

その指先が、淡い恥毛に飾られた亀裂に達した。

亀裂は、たっぷりと愛汁《あいじゅう》を含んでいた。梔子殿は夜具に横たわって、目撃したばかりの三人乱姦図を思い出していたのだろう。

「厭《いや》、厭っ、厭でございますっ」

梔子殿は涙声で抵抗する。源四郎が、情欲など微塵《みじん》もない厳しい口調で、

「――貴方《あなた》を追っていた侍たちは、誰の家来ですか」

「………っ？」

はっとして、梔子殿は動きを止めた。

「牙鬼という女の殺し屋が、この屋敷に潜入して、わたくしを刺殺しようとしました。どう考えても、大金を払って殺し屋を雇ってまでわたくしを殺したい者となると、貴方を追っていた奴らしか思いつかない。そして、女殺し屋が失敗した以上、奴らは次に、もっと強硬な手段に出て来るかも知れない」

「………」

「この屋敷には、貴方以外にも、お紋とお光という気の毒な女がいる。忠実な家来の春吉もいる。貴方の側杖《そばづえ》をくって、その者たちが危害を加えられるのを、わたくしは絶対に許すことができない」

怒りを押し殺した声で、源四郎は言った。

「貴方の御身分と追われていた理由を、今、話しなさい。それを拒むのならば、不本意だが……この源四郎が貴方を力づくで犯しますぞっ」

「お許しを……」

梔子殿は啜り泣いていた。

「家名の傷となること……わたくしの口からは何も申せませぬ……」

「……」

源四郎は、しばらくの間、その横顔を見つめていた。が、溜息《ためいき》をつくと、梔子殿の乳房と女器を愛撫していた手を引き上げる。

「残念なことに、どうやら、わたくしは破廉恥漢《はれんちかん》になりきれぬ男のようだ」

立ち上がった源四郎は、廊下へ出ようとして、足を止めた。

「せめて、名前くらいは教えてくれませんか」

「……毬《まり》と申します」

辛うじて聞こえるほど小さな声で、梔子殿は言った。

「毬姫ですか」源四郎は微笑した。

「梔子という名も似合っていたが、その名も典雅《てんが》で、貴方にぴったりですな。では、毬姫。お休みなさい」

そう言って座敷から出ると、障子を閉めた。

源四郎が廊下を遠ざかる足音を聞きながら、毬姫は、両腕で自分の胸を抱きしめるようにした。そして、

「源四郎……様……」

頬を赧《あか》らめてそう呟くと、熱い吐息を洩らすのであった。

三

江戸の庶民は、富籤《とみくじ》と聞くと胸が躍る。現代で言えば、宝くじのことだ。

寺社が修繕改築の費用捻出を建前にして発行するのが、富籤である。一等だと、最高で千両が手に入るのだ。

江戸で最初に富籤を出したのは、護国寺と言われている。すぐに他の寺社でも真似るようになり、一獲千金のチャンスを求めて、庶民だけではなく武士階級までが富籤に熱中した。

この十代将軍の時代には、三日に一度は江戸のどこかの社寺で、当選番号の発表が行われていた。

江戸の三大富籤といえば、谷中の感応寺《かんのうじ》・湯島天神・目黒不動のそれだが、回向院《えこういん》の富籤もなかなか有名であった。

国富山《こくふさん》回向院は、明暦三年に起きた振袖《ふりそで》火事の犠牲者十万二千余人を弔《とむら》うために、深川に建てられたものだ。

藤堂源四郎が湯殿で三人愛姦を愉《たの》しんだ翌日の正午――回向院の境内で、富籤の当たり札を決める富突が行われていた。

その方法は、本堂の前で、木箱の中に入れた木札を長柄《ながえ》の錐《きり》で突いて取り出し、その木札に書かれた番号を読み上げるというものである。

「いよいよ、一番札でござりまする」

読上役が木札を手に取ると、どどーんっと大太鼓が打ち鳴らされる。六十間《けん》四方の境内を埋め尽くしていた群衆が、水を打ったように静まりかえった。

そして、充分に間を取ってから、

「松――二千五百七十番」

朗々たる声で、当選番号が読み上げられる。

群衆の中から、「うおおォォ……」という歓声とも絶望の悲鳴ともつかぬ、どよめきが上がった。

「ま、松の二千五百七十番……むむっ」

源四郎は、自分が持っている富札を凝視した。

その富札の上部には松の枝の画が印刷されて、〈松　弐千五百七拾壱番〉と書かれているではないか。

千両が当たった一番札ではない。だが、当選番号の前後の札——この場合は「二千五百六十九番」と「二千五百七十一番」は花籤といって、百両になる。

源四郎の持っている富札は、まさに、その前後賞の花籤なのであった。

実は今朝——食事が終わった後に、春吉が源四郎の部屋へやって来て、

「殿様、金策の目途《めど》はついたかね」

「残念ながら、まだだ」

「屋敷の召し上げまで、あと四日しかねえが」

「いよいよとなったら、女三人を連れて野宿もできまいから、刀を売るつもりだ。古刀だから、少なくとも数十両にはなるだろう」

「刀を売っちまったら、殿様は腰に竹光《たけみつ》でも差すのかね」

「竹光だと、いざという時に何の役にもたたないから、木刀でも差すか。まるで、道場に通い始めた小さい子供のような格好になるな。ははは」

軽く笑い飛ばす源四郎を見て、春吉が無言で取り出したのが、一枚の富札である。

「何だ、これは」

「今日が富突の日の、回向院の富札ですだよ」

「ほほう……」

源四郎が、富札を手にとって眺めると、

「本当は一枚三百文なんだが、魚屋の留公《とめこう》が百文にしとくから買ってくれと言うんでね。まあ、いつも値切り倒してる手前、義理で買っただよ。まさか、これで千両が当たるほど世の中は甘くねえだろうが、十両でも五両でも当たれば、めっけものだ。そうじゃないかね」

「うむ。十両でも当たれば、ずいぶんと助かるなあ。しかし、これは、お前の金で買ったのだろう」

「いんや、おらの金じゃねえ。お紋さんから預かった五両の中から、百文を払っただよ」

「ああ、そうか」

「この春吉は掃除やら何やらで忙しいから、殿様が深川まで行ってくだせえ。どうせ、屋敷にいたって、女どもといちゃいちゃするくれえしか、することがねえだろうから」

あからさまな皮肉を言われて彼はげんなりしたが、こういう経緯で、源四郎は深川の回向院までやって来たのだ。

そして、前後賞で百両という幸運にめぐまれたのである。

「さあさあ、以上の当たり札をお持ちの方は、こちらへ、こちらへ」

本堂の前に作られた換金所で、世話役が声を張り上げる。

「ありがたいことだ、神仏の御加護があったのだ」

源四郎は、意気揚々として換金所へ向かった。

彼は気づかなかったが、その広い背中を人混みの中から睨みつけていた奴がいる。

「あの野郎は……そうだ、間違いねえ。賭場《どば》荒らしをやらかした三一《サンピン》だっ」

鼬《いたち》のような顔をした鼻柱に膏薬《こうやく》を貼ったそいつは、青龍一家の三下《さんした》で、千代松という。

先夜、桂仙寺の裏門で見張りをしている時、お紋を連れて脱出しようとした源四郎に、鉄拳で鼻を潰された男だ。

「ちきしょうめ、俺の顔をこんなにしやがって。今日こそ、ぶち殺してやる……
…おっと、こうしちゃいられねえ。玄蕃《げんば》の旦那を捜さねえとっ」
千代松は、周囲の人間を押しのけて、あたふたと走り去った。

第七章　双子美姉妹

一

「お武家様、ねえ、お殿様っ」

観世物《みせもの》小屋の若い衆が、藤堂源四郎を呼び止めた。黒い胡麻《ごま》でも埋めこんだかと思われるほど、小さな目をしている。

「ん……何だ、俺のことか」

ほろ酔い機嫌の源四郎は、〈天女《てんにょ》の舞　松原太夫《たゆう》一座〉という看板の前で立ち止まった。

大川に架かる両国橋の東の袂《たもと》――東両国広小路である。

当たり籤《くじ》の賞金は百両でも、手数料とか強制的な寄付金などを引かれて、実際に当選者の手に渡るのは七十両であった。

その七十両をもらった源四郎は、回向院の門前町にある居酒屋で、ささやかな祝杯をあげた。

お紋に五両を返しても、六十五両が残る。これだけあれば、とりあえず一軒家を借りて、みんなで住むことができるだろう。残った金を元手にして、みんなで暮らせる稼業を、じっくりと考えればよい……と頭の中で愉しい空想に耽《ふけ》った。

そして、半刻《はんとき》の間に五本ほど徳利を空けると、源四郎は、屋敷へ戻るために観世物小屋や掛け茶屋などが立ち並ぶ広小路を抜けようとした。

そこで、この若い衆に呼び止められたのである。

「今評判の娘軽業師《むすめかるわざし》、天野《あまの》太夫と羽衣《はごろも》太夫を観て行ってくだせえ。十九で双子の美人ですぜ。一目拝んだら、寿命が百日は延びます」

調子の良い若い衆の言葉を聞いて、

「それは凄いな。三回半拝んだら、一年ばかり寿命が延びる計算だ。よしよし、俺は今、大いに浮かれている。浮かれついでに、見物させてもらおう」

木戸銭を払った源四郎は、小屋の中に入った。

いつでも撤去が可能な丸太組みに菰《こも》を掛けた観世物小屋だが、そこは間口が十間《けん》――十八メートルという大きなものであった。

正面の舞台の真ん中に、柱が立てられている。中央の客席の背後にある土間の立ち見席にも、柱が立てられていた。

その柱と柱の間に、一本の綱が張られている。高さは、二丈——六メートルほどであった。

その綱の上に、一間ほど距離を置いて、二人の女が向き合っている。十九歳なのに稚児髷《ちごまげ》をしているのは、芸人の性《さが》として、少しでも若く見せるためだろう。裾《すそ》の短い浴衣姿で、片方が赤い浴衣、もう片方が青い浴衣だ。白襷《しろだすき》を掛けて、下駄を履いていた。

天野太夫と羽衣太夫という芸名は、美保の松原を舞台にした天女の羽衣伝説にあやかったものであろう。

二人は差している傘をくるくると回しながら、舞台の囃子《はやし》方《かた》の賑やかな音曲《おんぎょく》に合わせて、傘から傘へと手鞠《てまり》の遣《や》り取《と》りをしているのだった。

「ほほう、見事なものだなあ」

土間の立ち見席で、綱の上の二人を見上げた源四郎は、呑気に呟《つぶや》く。

本当に天女の羽衣を纏《まと》っているが如く、軽やかに何の危なげもなく、二人は手鞠の遣り取りを行っていた。

「当たり前でさあ、お武家様」

頭に鉢巻を巻いた贔屓客《ひいききやく》らしい男が、

「天野太夫と羽衣太夫は、そんじょそこらの俄《にわか》仕込みじゃねえ、長崎で唐人に軽業を習ったという本物の芸人ですぜ。しかも、双子の姉妹で十九の別嬪《べっぴん》ときてる。青い浴衣が姉の天野太夫、赤い方が妹の羽衣太夫だ。見なせえ、あの雪みてえに白い脛《はぎ》を。裾が翻《ひるがえ》って、ちらりと内腿《うちもも》でも見えた日にゃあ、寿命が三年は延びるって噂ですぜ」

我が事のように得意げに、まくし立てた。

「一目で百日が、ちらりで三年になったか。ははは。では、ゆるりと見物させてもらおうか」

そう言って、板張りの枡席《ますせき》に上がろうとした源四郎は、ふと表情を変えた。枡席に座った観客たちは皆、口を半開きにして姉妹の芸に見とれている。その中で一人だけ、険しい表情で異様なほど鋭い視線を向けている者がいた。

三十くらいのその男は、両手を懐《ふところ》に入れて、襟元《えりもと》を広げている。そこから頭を覗かせているのは、小さな鏃《やじり》であった。

藤堂源四郎は、金剛流剣術の道場に通っている時に、師の林場隆之輔《はやしばりゅうのすけ》に懐弓《ふところゆみ》という隠し武器があると教えられたことがあった。それは、誰にも知られぬように懐の中から矢を射ることのできる極小の武器だという。

この男は、まさに、その懐弓に矢を番《つが》えて構えているのであった。

矢の方向からして、標的は、綱の上の軽業姉妹であろう。

「いかんっ」

源四郎は、大刀の鞘《さや》に差した小柄《こづか》を抜き取ると、それを手裏剣に打った。

「わっ」

右の上腕部に小柄が刺さった男は、仰《の》けぞった。その瞬間、懐の中の矢が飛び出す。

長さ五寸――十五センチほどの矢は、赤い浴衣の羽衣太夫の顔のそばを飛び抜けた。

「きゃっ」

驚いて、羽衣太夫は体勢を崩した。傘と手鞠が落ちる。

その真下の観客たちが、わっと立ち上がって逃げようとしたものだから、小屋の中は大混乱となった。しかも、懐弓の男が周囲の客を蹴り倒して逃げ出したので、余計に混乱に拍車がかかった。

「待てっ」

源四郎は、逃げ惑う観客たちを掻き分けて、男を追った。

ちらっと綱の上を見ると、落下しそうになった羽衣太夫は、姉の天野太夫に助けられていたので、源四郎は安心する。

男は、木戸口ではなく、逆方向の舞台へと逃げた。呆然《ぼうぜん》としている囃子方を押しのけて、裏の楽屋への通り口へ飛びこんだ。

源四郎も、その後に続いた。男は、芸人や裏方たちを突き飛ばして、裏口へ出る。

その裏口から源四郎が飛び出すと、外には路地が左右へ延びていた。右を見ると、四間ほど先に、男の後ろ姿が見えた。

「こら、待てっ」

酒を五本も飲まなければよかった――と思いながら、源四郎は、さらに男を追う。

東両国広小路の南には、幕府の石置場がある。大川に面した広さ千数百坪のそこは、本所石置場と呼ばれていた。

安山石《あんざんせき》や伊豆堅石《かたいし》が高く積み上げられている敷地の中へ、男は逃げこんだ。

「どこへ行ったのか……」

男を見失った源四郎は、荒い息をつきながら石置場を見まわす。その背中は、汗でびしょ濡れであった。

川風が涼しいが、陽射しの強さは今が最高である。

「三本……いや、徳利は二本でやめておけば良かった。だが、まさか、炎天下に追っかけっこをする羽目になるとは、思わないからなあ」

そう呟きながら、源四郎は地面を見た。

小豆《あずき》よりも小さい血の痕《あと》が、乾き切った地面に点々と続いている。例の男の腕に小柄の刺さった傷口から、血が垂れているのだろう。

源四郎は、その血の痕を追って歩き出した。そして、背よりも高く積まれた伊豆堅石の角を曲がろうとした。

が、

「……っ！」

源四郎は、弾かれたように二間ほど跳び退《さ》がった。

その堅石の角から、ゆっくりと姿を現した男がいる。

浪人者であった。中肉中背で、年齢は四十前くらいであろう。黒の着流し姿だが、その全身から炎のように殺気が立ち上っている。

「――惣太《そうた》の邪魔をしたのは、お主か」

浪人者は問いかけた。ずしり、と腹に響くような声であった。

「惣太というのは、懐の中の弓で芸人姉妹を射ようとした男のことかね」

油断なく身構えながら、源四郎は言う。

「そうだ」

「昼日中《ひるひなか》に、あんな大勢の観客の前で、たかが軽業芸人の女を殺そうとする。どれほど重大な理由があるのか、聞かせてもらいたいもんだな」

砕けた口調で話しているが、源四郎は、背筋に冷たいものを感じていた。この浪人者は、明らかに自分よりも腕前が上なのである。

「それを話しても無意味だろう――」

浪人者は、大刀の柄に右手をかけた。

「お主は今、この場で、わしに斬られて死ぬのだから」

すらりと大刀を抜いて、下段に構える。その動きには、全く無駄も隙《すき》もなかった。

源四郎も大刀を抜いて中段に構える。

「俺を斬るという奴の名を、聞かせてもらおうか」

「坂巻玄蕃《げんば》と覚えておけ」

そう言って浪人者は、じりっと前進した。

「俺は、藤堂源四郎だ」

思わず、源四郎は一歩、退がった。気圧《けお》されたのである。

先ほどまでとは違う種類の汗が、源四郎の額に噴き出した。すでに、酔いは醒めている。

（この場を生き延びられたら、二度と再び、観世物小屋の呼びこみには引っかからないようにしよう……）

命の瀬戸際という絶対状況から心が逃避したがっているのか、そんなくだらない考えが頭に浮かぶ。

「あ、旦那、この野郎だっ」

いきなり、素《す》っ頓狂《とんきょう》な声を張り上げたのは、青龍一家の千代松であった。

玄蕃の斜め後ろの石積みの蔭から、千代松は顔を出して、

「こいつですよ、女壺振り《おんなつぼふ》りのお紋をかっさらった賭場《どば》荒らし野郎は。叩き斬ってもらおうと思って、旦那を捜していたんだ。礼金の方は、後で、うちの親分の懐

から出ますんで。玄蕃の旦那、たっぷりと苦しめて、膾《なます》のように斬り刻んでおくんなせえっ」

振り向きもせず、玄蕃は、瞳を源四郎に向けたまま、

「うるさいぞ、千代松。今度、いらざる口出しをしたら、お前から叩っ斬るっ」

「ひ……」

千代松は、あわてて手で自分の口を塞《ふさ》いだ。

「さて――」

じりっと、さらに前進する玄蕃だ。

退いたら負けだとわかっているので、源四郎は、辛うじて踏みとどまる。玄蕃と千代松の関係を考えてみる余裕すら、なかった。

しかし、一足一刀《いっそくいっとう》の間合に入った玄蕃は、

「とおっ」

大きく踏みこみながら、火の出るような諸手《もろて》突《づ》きを繰り出して来た。

「むぅっ」

必死で、源四郎は、その剣先を引っ払う。そして、引っ払いながら右斜め前へ跳んだ。

が、手首を返した玄蕃が、すぐに反撃して来ることはわかっている。だから、振り向きながら、左後ろへ片手で大刀を振る。片手薙《な》ぎだ。

その大刀を、玄蕃は払いのける。

「あっ」

大刀は源四郎の左手から飛んで、数間先の伊豆堅石に当たった。そして、地面に落ちる。

「ちっ」

態勢を立て直しながら、源四郎は脇差を抜いた。だが、大刀を持っていても歯が立たなかった玄蕃に、源四郎が脇差で対抗することは、不可能に近い。

「……………」

のしかかる恐怖を振り払って、源四郎は、玄蕃を睨みつけた。

だが、坂巻玄蕃の方は落ち着いた表情で、少しずつ間合を詰めて来る。

源四郎は、己《おの》れの死を悟った。

その時、

「っ！」

玄蕃が突然、さっと横へ動いた。

彼の左肩をかすめて、どこからか飛んで来た石が、地面に落ちる。お手玉ほどの大きさの石であった。

玄蕃は跳び退がって、源四郎から三間ほどの間合をとった。そして、周囲に目を配る。

「お主……仲間がいるのかっ」

怒りの口調で、玄蕃が言った。一対一の勝負に予想外の妨害が入ったことが、気にくわないのだろう。

「……」

とっさに何と答えて良いかわからず、源四郎は無言で、脇差を中段に構えた。

その時、尾上町《おのえちょう》の方で、

「斬り合いだ、斬り合いだっ」

「お侍同士が刀を抜いてるぞっ」

「喧嘩か、それとも、仇討《あだう》ちかよっ」

通りがかりの町人たちが、野次馬になって騒ぎ出した。

「……ちっ」

玄蕃は舌打ちして、納刀した。

「勝負は預ける。次に逢った時に、決着をつけるぞ」

踵《きびす》を返して、坂巻玄蕃は立ち去った。千代松も、あわてて逃げ出したようだ。

（助かったのか……）

そう思った瞬間、源四郎は、全身から汗が噴き出すのを感じた。喉が乾いて来る。

生まれて初めて、源四郎は、死を覚悟したのであった。大きな氷の塊を、腸《はらわた》の中に無理矢理に押しこまれたような感覚だった。

九死に一生を得る――とは、まさに、今の自分のことを言うのだろう。

脇差を納刀してから、源四郎は、大刀を拾い上げた。それを鞘に納めながら、はっと気づいて周囲を見まわす。

石を投げて助勢してくれた者の姿は、どこにも見えなかった。

少しの間、源四郎は、その場で考えこんでいたが、

（そうだ……助けてくれたとしたら、あいつしかおらんな……）

何とはなしに口元が緩《ゆる》んで、微笑を浮かべてしまう源四郎である。

「よし。とにかく、屋敷へ帰ろう」

そう呟いてから、源四郎は、東両国の方へ戻った。尾上町の方の野次馬たちは、

もう、散っている。

「おっと、お武家様。捜しましたよっ」

柳の木の脇から声をかけて来たのは、先ほどの呼びこみの若い衆だった。

「お前は……」

「お礼を申し上げたいと、太夫がお待ちしております。さ、こちらへ」

「いや、ちょっと待て、おいっ」

袖を引っぱられて、先ほど「二度と呼びこみには引っかからない」という誓いを立てたばかりの源四郎は、大いに困惑した。

二

「――藤堂様。先ほどは、妹の命をお救いくださいまして、ありがとうございました」

「ありがとうございました」

そう言って深々と頭を下げたのは、軽業姉妹の天野太夫と羽衣太夫であった。

天野太夫が姉のお槙《まき》、羽衣太夫が妹のお咲《さき》である。

双子だけあって全く同じ容貌、同じ稚児髷だが、姉のお槇は右目の脇に、妹のお咲は左目の脇に小さな黒子《ほくろ》があった。

お槇は綱の上で芸をしながら、懐弓を射ようとしていた惣太に、源四郎が小柄を投げつける現場を見ていたのであった。

それで、妹とともに大混乱の観世物小屋を脱出してから、呼びこみの参吉に源四郎を捜すようにと命じたのだ。

その座敷は――両国橋を渡った先、西両国広小路にある料理茶屋〈浜仙《はません》〉の二階だった。

参吉に案内されて、藤堂源四郎は、この店に連れて来られたのである。

軽業姉妹は、舞台衣装の青と赤の浴衣姿のままであった。すでに、酒肴《しゅこう》の膳が三つ、並べられている。

「いや……俺は、当たり前のことをしただけだからなあ」

胡座《あぐら》をかいた源四郎は、照れたようにこめかみを掻く。

「そのように、ご謙遜なさらずとも……ほら、お咲ちゃん。早く、藤堂様にお酌をして差し上げないと」

「ごめんなさい、お姉ちゃん」

羽衣太夫のお咲は、銚子を取り上げた。

「藤堂様、お一つ」

「うむ……」

杯に注いでもらった酒を、源四郎は一息に飲み干す。

実に美味であった。命の味がする。

すぐに、お咲が酌をしてくれた。

三倍目の杯を干してから、源四郎は、ようやく二人を等分に見て、

「さて、そろそろ事情を聞かせてもらおうか。お前たちは、どうして、懐弓の男に命を狙われたのだ」

「はい――」

天野太夫で姉のお槇は、同意を求めるように妹の方を見た。お咲が無言でうなずいたので、お槇は視線を源四郎に戻した。

すーっと糸で引き上げられたように、立ち上がる。

横向きになったお槇は、しゅるしゅると帯を解き始めた。妹のお咲も立ち上がり、横向きで帯を解き始めた。

「おい……話はどうした」

源四郎が驚いていると、お槇が微笑を浮かべて、

「わたくしどもが、藤堂様と他人でなくなってから申し上げます」

「何しろ、命にかかわる大事なんですから」

妹のお咲も、さらりと肩から赤い浴衣を滑り落とす。手早く、桜色の肌襦袢《はだじゅばん》も下裳《したも》も脱ぎ捨てた。

お槇もお咲も一糸《いっし》纏《まと》わぬ全裸となって、源四郎の前に並んだ。自然と、二人は寸分違《たが》わぬポーズになっていた。両手を後ろにまわして、何一つ隠さない。

軽業芸で鍛えているためか、二人とも、均整のとれた肢体《したい》であった。無駄なく引き締まっているくせに、女らしい優美さをも兼ね備えている。

肌は雪白、乳房は標準よりも大きめであった。乳頭は臙脂色《えんじいろ》をしている。

花園は茜色《あかね》であった。肉厚の花弁が、合掌したように閉じている。

恥毛は薄目で、亀裂に沿って縦に生え、上部では横一文字になっていた。つまり、全体が丁《てい》という文字のようになっている。アルファベットのTの形の方が、より近いかも知れない。

「軀《からだ》だけでなく、あそこの色や形まで同じなので、びっくりされたでしょう」

お咲が、源四郎の心を見透《みす》かしたように言った。

「うむ。正直に申せば、ここまで似るものかと感心した」

「同じ物を食べて、同じ修業をして……同じ男たちに抱かれると、あそこも同じになるようです」

少し寂しげな口調で、お槙が言う。

「同じ男……」

「双子の女を見ると、殿方というのはどうしても、姉と妹の味比べをしたくなるようですね」

それは色恋ではなく、金づくで、もしくは興行上の圧力で、この芸人姉妹は心ならずも同じ男に玩具《おもちゃ》にされて来たということだろう。

その時の姉妹の気持ちを考えると、源四郎は、少し憂鬱《ゆううつ》になった。

「そのように深刻なお顔をなさらずとも、ようございます。この稼業で生きている女にとっては、珍しくもないことですから」

お槙は微笑して、源四郎の右側に正座した。

「でも、嬉しい。つい先ほどお会いしたばかりの芸人風情《ふぜい》に、すぐに同情してくださるなんて」

「そんな殿方だからこそ――」

妹のお咲は、源四郎の左側に正座する。

「生まれて初めて、あたしたちの方から喜んで姉妹でご奉仕させていただくんです。命を助けていただいたお礼の気持ちだけじゃ、ないんですよ」

双子だから姉妹は全く同じ年齢なのだが、姉のお槙の方が微妙に大人びていて、妹のお咲の方が子供っぽいのが、実に興味深い。

「藤堂様のお人柄に」お槙は言う。

「わたくしたち姉妹は、すっかり惚れてしまいましたの……」

左右から同時に、お槙とお咲は男の口の端に接吻《せっぷん》した。そして、舌先を男の口の中に滑りこませる。

源四郎の口腔《こうこう》の中で、姉妹の舌が舞い踊る。その舞いに、源四郎の舌が絡んだ。

二人の項《うなじ》に両手をかけて、源四郎は、姉と妹の口中に交互に舌を入れた。しばらくの間、ぴちゃぴちゃと三人の舌が絡み合う音が、座敷の中に流れる。

顔を離したお槙は、ほぅ……と熱い吐息を洩らして、

「やっぱり、素敵……今度は、男のお道具にご奉仕させていただきますわ」

源四郎の股間に、顔を近づける。そして、着物の前を開いて、下帯に包まれている肉根を、そっと擱み出した。

「あら、巨《おお》きい……まだ柔らかいのに、普通の殿方の興奮した時と同じくらいの大きさだなんて」

「これが本気になったら、どんなに凄いのかしら」

妹のお咲も、股間に顔を近づけた。

「藤堂様、咥《くわ》えさせていただきます」

律儀に断ってから、お槙は、肉根の先端に口を被せた。右手で茎部を擦《こす》り立てながら、顔を上下に動かす。

お咲の方は、姉の吸茎の邪魔にならないように、肉根の根元に顔を埋めた。重い玉袋を舐めまわす。

二人とも、口唇奉仕が巧みであった。

源四郎は、姉妹の舌の感触を愉《たの》しみながら、二人の丸い臀《しり》を撫でた。ほどなくして、男の象徴が猛々《たけだけ》しく屹立《きつりつ》してしまう。

「ああ……本当に凄いわ。何て、ご立派なのかしら」

天を突く巨根を見て、お槙は、うっとりと呟《つぶや》いた。お咲も、瞳を熱っぽく潤ませて、

「こんなに巨きいお珍々、初めて見たね、お姉ちゃん」

「そうね。もっと心をこめて、ご奉仕をしなければ」

そう言って、お槇は、巨砲の玉冠部《ぎょくかんぶ》に右側から接吻した。それを見て、お咲は左から接吻する。

子供の握り拳ほどもある丸々と膨れ上がった玉冠部を、美しい双子姉妹が左右から唇と舌で刺激するのだ。

そして、お槇の右手が茎部の根元を、お咲の左手が茎部の中央を握っていた。二人は、口唇奉仕と並行して、その手で茎部を擦り立てる。

三

双子姉妹の連携奉仕プレイは、実に素晴らしいものであった。

源四郎は、彼女たちが奉仕をしやすいように、上体を倒して仰向《あおむ》けになった。そして、両手で二人の臀への愛撫を続ける。

姉妹もまた、源四郎が自分たちの臀部《でんぶ》をいじりやすいように、軀の向きを変えて後ろ向きになった。桃のような形の良い臀が二つ、源四郎の両脇に並んだわけだ。

臀を浮かし気味にしているので、二人とも、谷間の奥の排泄孔《はいせっこう》も女の花園も、よく見える。

姉妹は後門まで、そっくりであった。同じ大きさで、同じ放射状の皺《しわ》があり、同じ緋色《ひいろ》をしている。

源四郎は、両手の中指で、その後門をソフトに撫でてやる。彼女たちがその愛撫で感じていることは、言葉に出さなくても、もぞもぞと臀を蠢《うごめ》かす様子でわかった。

面白いことに、姉の女器の会陰部《えいんぶ》に近い右側に黒子があった。妹の女器は、左側だ。顔の黒子の位置と同じである。

巨根から口を外したお槇が、振り向いて、

「藤堂様……ご無礼ながら、跨《また》ってもよろしゅうございますか」

源四郎がそれを許すと、お槇は、対面の形で男の腰の上に跨る。その女器は、後門愛撫の効果もあって、愛汁《あいじゅう》で濡れ光っていた。

妹のお咲が、巨砲の茎部を両手で握って、挿入しやすいように助けた。

お槇は膝立ちの姿勢で、ゆっくりと腰を下ろした。姉妹の唾液で濡れた巨根の先端が、ずぶずぶとお槇の茜色の秘唇の内部に侵入してゆく。

「んん、んぅ……お珍々、巨きい……」

固く目を閉じて、お槇は喘《あえ》いだ。

「奥に当たるぅ……ああっ……秘女子が裂けてしまいそう……」

そう言いながらも、お槇は、自ら臀を振って巨根を貪《むさぼ》る。

「お咲……」

源四郎は、両手でお咲の臀部を摑んだ。そして、自分の胸の方へ持って来る。

男の意図を悟ったお咲は、源四郎の胸の上を跨いだ。これも、姉と同じように爪先立《つまさきだ》ちになる。

彼女の臀は、源四郎の目の前に位置した。後門も濡れた女器も、丸見えである。

源四郎は舌を伸ばして、その茜色の花弁を舌で舐めてやった。

「ひゃあっ……藤堂様ァ……」

お咲は臀を蠢かした。そして、姉の胸に顔を埋めて、固く尖った乳頭を舐める。

男の軀の上に、美人姉妹が対面の姿勢で跨っている。真横から見れば、三人の軀は三角形を形作っているだろう。

正三角形ならぬ性三角形――愛姦トライアングルというわけだ。

姉のお槇が源四郎の巨根に貫かれ、その乳房を妹のお咲が舐めしゃぶり、そのお咲の秘部を源四郎が舐めているのだ。

お槇と源四郎の結合部から、じゅぷっ、じゅぽっ、じゅぷっ……という淫《みだ》らな摩擦音が発せられている。

源四郎の舌は、お咲の秘裂だけではなく、会陰部や後門までも舐めまわした。

「ああんっ……お武家様が、あたしのお臀の孔まで舐めてくれるなんて……信じられないイィ……」

お咲は感激して、きゅっ、きゅっ……と後門を窄《すぼ》める。可愛らしい動きだ。

妹に舌技を施すのと同時に、源四郎は、姉の女壺《によつぼ》も突き上げていた。お槇の味は、上々であった。

お槇の快感が急激に上昇してゆくのを、源四郎は感じる。それに応じて、さらに逞《たくま》しく十九歳の花園を突き上げた。

「駄目っ、もう駄目っ」

そう叫びながら、お槇は猛烈に臀を振った。妹の両肩を摑んで絶頂に駆け上がり、肉襞《にくひだ》を痙攣《けいれん》させる。

源四郎は、噴火したように勢いよく精を放った。白濁した溶岩流の熱い塊が、お槇の奥の院に激突する。

姉の絶頂に合わせて、お咲もまた、達した。臀を源四郎の顔に押しつけて、軀を痙攣させる。

失禁かと思うほど湧き出した愛汁で、源四郎の顔は濡れてしまった。

三人は、しばらくの間、余韻に浸っていた。それから、お槙とお咲が、のろのろと男の軀の上から下りる。

股間に桜紙を挟んで、お槙は源四郎の股間に顔を埋めた。お咲も、それに倣《なら》う。

双子美姉妹は、桜紙を使用せずに、聖液と愛汁でべとべとになった源四郎の男根を浄めた。

吐精によって半勃ち状態になった肉根は、二人の献身的な奉仕を受けて、またも雄々《おお》しく屹立する。

「次は、お咲の番だな――」

源四郎は上体を起こすと、着物を脱いだ。女たちと同じように、全裸になる。

お咲を仰向けに寝かせると、その上に覆い被さった。そして、姉のお槙の導きで、お咲の花園に突入する。

「ひィあっ……………藤堂様ァっ」

長く、太く、硬い肉根で貫かれて、お咲は歓びの悲鳴を上げた。

源四郎は、お咲の両足を自分の腰に絡めさせた。揚羽本手《あげはほんで》と呼ばれる態位で、こうすると、普通の正常位よりも性器の密着度が高くなる。

そして、源四郎は、ゆっくりと腰の抽送を開始した。

男の左側に添い寝をするように横たわったお槙は、源四郎とお咲に交互に接吻した。

そのような行為が初めてではないのか、妹も、姉と唇を交わすことを厭《いと》わない。

外見と同じように、お咲の蜜壺の味わいは、お槙のそれと同じであった。

ただ、錯覚かも知れないが、姉の方が微妙に締めつけが強く、妹の方が肉襞が少しだけ細かいような気がする。

姉が逝《い》く様《さま》を目撃して興奮しきっていたせいか、お咲の快楽曲線は急激に上昇した。源四郎の首にしがみついて、情熱的に臀を打ち振る。

お槙に左耳を甘嚙みされながら、源四郎は、射出した。先ほどの吐精から短い時間しか経っていないのに、聖液は大量に溜まっていたようだ。

濃厚な溶岩流が、怒濤のようにお咲の奥の院を直撃する。

「――――オォォっ」

吠えるような絶頂の悲鳴を上げて、お咲は達した。肉襞を不規則に痙攣させる。

ややあってから、源四郎は結合を解いて仰向けになった。

お槇とお咲が、手拭いで彼の軀を拭ってくれる。無論、股間は、姉妹が唇と舌だけで浄めた。

そして、自分たちの後始末をしてから、二人は源四郎の両側に添い寝する。

「源四郎様……」

すでに他人でなくなったお槇は、彼を姓ではなく名前で呼んだ。

「わたくしどもは、長崎の出でございます。父は長崎でも有数の唐物商、天竺屋《てんじくや》徳兵衛《とくべえ》と申しました――」

第八章　臀《しり》の味

一

「ところが、ある日——」

藤堂源四郎の分厚い胸に唇を這《は》わせながら、姉のお槇は言う。

「父は、身に覚えのない抜荷買《ぬけに》いの罪で投獄され、天竺屋は闕所《けっしょ》にされてしまったのです。しかし、それは、当時の長崎奉行である黒木備前守の企《たくら》みでした」

抜荷とは、密輸品のことである。

徳川幕府は、外国との交易を長崎の地に限定し、その管理のために長崎奉行を置いていた。

長崎奉行には、調査の名目でオランダ人と唐人から品物を無税で購入できるという特権があった。この品物を売りさばくことは自由であったから、購入価格の数倍の利益が得られる。

　さらに、毎年八月一日――つまり八朔《はっさく》の日には、長崎奉行に対して地元の商人たちや外国商人からの献上金や献上品が届けられる。

　したがって、長崎奉行を務めた旗本は「一財産作れる」という評判であった。

「黒木備前守は、天竺屋の一番番頭だった粂造《くめぞう》が提出した偽《にせ》の証拠をもとにして、父を捕縛《ほばく》したのです。しかも、普通なら、抜荷買いの罰はどんなに重くても追放か遠島が精々なのに、父は獄門に処されました。そして、一万両近い天竺屋の身代《しんだい》は奉行所に没収されて、わたくしたちは着の身着のままで道端に放り出されたのです」

「あたしたちは親戚の家に身を寄せましたが、母は悲嘆のあまり寝こんでしまい、一年ほどしてから心の臓の病《やまい》で亡くなりました」

　涙声で、お咲が言う。

「辛い思いをしたのだな」

　源四郎は、その肩を抱いてやる。お咲は彼の肩に顔を埋め、声を殺して啜《すす》り泣いた。

「母が死ぬと、わたくしたちは親戚の家から追い出されてしまいました」

お槇が、説明を続けた。

「そこで助けてくれたのが、父と付き合いのあった李十官《りじっかん》という唐人です。親切な李十官の口利きで、わたくしたちは芸人一座に入りました。それが、十年前のことです。それ以来、わたくしたち姉妹は軽業《かるわざ》芸人として諸国をまわってきましたが、父母の恨みを忘れたことは一日もありません。何年かかっても、必ず、黒木備前守と粂造の悪巧みの証拠を摑んで、両親の仇討《あだう》ちをすると誓ったのです――」

その間に、黒木備前守は江戸へ戻り、作事奉行に出世していた。

幕閣に賄賂《わいろ》をばら撒いて出世したのだ――という噂を源四郎も耳にしている。

そして、主人の天竺屋徳兵衛を陥《おとし》れた粂造は行方知れずになっていた。

悲運の姉妹に転機が訪れたのは、半年前ほどである。博多で興行中に、二人を訪ねて来たのは、天竺屋で下男《げなん》をしていた与助《よすけ》という老爺《ろうや》であった。

与助もまた、亡き主人の仇討ちをすべく、長崎に潜んで荷揚げ人足をしながら、黒木備前守の悪事の証拠を捜していたのである。

実は、抜荷買いをやっていたのは、天竺屋の一番番頭の粂造の方であった。特別な割《わ》り符《ふ》を使って、海上で外国商人と取引をしていたのである。

それが発覚しそうになったので、全ての罪を主人の徳兵衛になすりつけ、以前から手を組んでいた黒木備前守に徳兵衛を逮捕させたのであった。

没収した一万両の身代のうち、三千両を備前守が着服、粂造が分け前として二千両をもらった。長崎奉行所の金蔵に入ったのは、半分の五千両だけであった。

そして、粂造は名前と素姓《すじょう》を偽《いつわ》って江戸へ出ると、例の二千両とそれまでの抜荷買いの儲けを元手にして、別の商売を始めたという。

長年の肉体労働の無理がたたって、与助の軀《からだ》は病魔に蝕《むしば》まれていた。

与助は、ようやく手に入れたという抜荷買いの割り符をお槇たちに渡すと、

「これで、旦那様と奥様にお会いできます……」と呟《つぶや》いて、息を引き取ったのである。

十年前の悪事の証拠は手に入ったが、江戸にいる粂造の今の名前も店の屋号もわからない。雲を摑むような話だが、事情を知っている座頭《ざがしら》の松原太夫は、江戸行きを承知してくれた。

そして、それまで約束していた各地の興行を一通り終えてから、ようやく松原太夫一座は江戸へやって来た。

それが、先月末のことであった。

粂造が商いをやるとしたら、唐物商である可能性が高い。お槙とお咲は、興行の傍《かたわ》ら、手分けして江戸の街を歩きまわり、唐物商の主人の顔を一人一人、見てまわった。

だが、一月近く経った今でも、粂造は見つかっていない……。

お槙の説明を聞いた源四郎は、

「――お前たちは、ひょっとして母親似ではないか」

「はい。十年ぶりに会った与助にも、そう言われました」

泣き止《や》んだお咲が、言った。

「嫁に来たばかりの奥様にそっくりだ……と。源四郎様、それが何か」

「つまりだ。お前たちが粂造を見つけるよりも先に、粂造の方がお前たちを見つけてしまったのだろう。江戸のどこかで、粂造は偶然、お前たちを見かけたのに違いない」

「まあ……」

「自分が罪に堕《お》として死に追いやった主人の妻にそっくりの女を見かけたら、それは、誰だって驚くだろう。粂造は、その女のあとを尾行してみた。すると、観世物《みせもの》小屋に、同じ顔の女がもう一人いる。それで、天竺屋には双子の娘がいた

――と思い出したのに違いない」

「それでは粂造は、あたしたちが江戸へ来た目的が二親《ふたおや》の仇討ちだと気づいたのでしょうか」

「そうだろうな。だから、口封じのために、粂造は、懐弓《ふところゆみ》を使う殺し屋の惣太を雇ったのだ。お前たち姉妹を殺してしまえば、長崎時代の旧悪を暴くことのできる者は、いなくなるからな」

「わたくしたちも、理由はわからないけれど、不安だったので、すぐに観世物小屋から逃げ出したのでございます」

　お槙が言った。

「それで良かったのだ。あの惣太という奴には俺が小柄《こづか》で傷を負わせたから、しばらくの間は殺しなどできないだろう。が、その仲間に坂巻玄蕃という恐ろしい浪人者がいる。あの玄蕃に見つかったら、お前たちは最期だ」

「その浪人者は、源四郎様よりも強いんですか」

お咲の問いに、源四郎は苦笑せざるを得ない。

「強いどころではない。本当なら、俺は今、この場にはいられないはずなんだ。加勢してくれる者がいなかったら、俺は石置場で玄蕃に斬られていたよ」

「その加勢をしてくれた御方《おかた》というのは？」

　お槙が問うと、

「うむ……俺も顔を見ていないので、はっきりしない」

　源四郎は、言葉を濁した。

　九分九厘、その者が石を投げてくれたのだと思っているが、それを説明しようとすると、実にこみいった話になるからだ。

「ところで、その証拠の割り符というのを見せてくれぬか」

「はい。これでございます」

　お槙が小さな革袋から取り出したのは、茹で卵を縦に半分に割ったような形の細工物であった。

　象牙製で、一寸――三センチほどの大きさだ。茹で卵の切断面にあたるところの内側に、模様が彫りこんである。

「ほう……割り符といえば、一枚の歌留多《かるた》を二つに切ったようなものと思っていたが、象牙の細工物とはなあ。この内側の模様は、何だろう」

「それが、わたくしたちにも、わからないのです」

「だが、後で必ず役に立つ。大切なものだから、大事にしておくがよい」

源四郎は、その割り符をお槙に返した。

割り符を革袋にしまったお槙は、お咲と顔を見合わせて、

「…………」

「…………」

また、無言でうなずき合った。

「──源四郎様」お槙が言った。

「先ほども申し上げましたが、わたくしたちは、とうに生娘《きむすめ》ではございません」

「でも、源四郎様には、やはり初物を味わってもらいたいんです」

頬を赧《あか》らめながら、お咲が言う。

「初物……？」

「はい」

お槙も赤くなって、うなずいた。

「誰にも赦《ゆる》したことのない、わたくしたち姉妹の後庭華《こうていか》を、源四郎様に捧げたいのです」

二

後庭華――後門、臀孔《しりあな》の中国風の呼称である。

「それは……女人《にょにん》にとって、ひどく辛いものだと聞いているが」

淫戯《いんぎ》指南役のお紋に、そのように教えられた源四郎であった。

「どんなに痛くても、源四郎様のお珍々で犯されるのなら、耐えられますっ」

そう言って、お咲が、源四郎の頬に接吻《せっぷん》した。

「女には、三つの操《みさお》がございます。女門、唇、後ろの門の三つです。わたくしたちの一番目と二番目は、不本意な相手に奪われました。ですから、最後の三番目だけは、心から好きになった男の人に初めて捧げたいというのが、わたくしたちの女心なのです」

お槇もそう言って、源四郎の口の端に接吻する。

「お前たちの気持ちはわかった」

源四郎は軀を起こして、胡座《あぐら》をかいた。

「ありがたく、その供物《くもつ》を受けよう」

感激した双子美姉妹は、まず、姉のお槙が後門の処女を捧げることになった。

お槙は四ん這いになって、臀を掲げる。緋色をした排泄孔《はいせつこう》が、丸見えになった。

その下の茜色《あかねいろ》の秘唇は、半開きで濡れている。

妹のお咲が、犬這いの姉の左側から、その臀の双丘《そうきゅう》にくちづけをした。

「お臀の孔が固く締まっていると、痛くて、とても挿入できないんです。だから、まず、ここを揉みほぐさないと」

右の人差し指の腹で、お咲は、姉の後門の周囲を円を描くように撫でる。時々、中央の臀孔を押して、弛緩《しかん》の度合いを確かめた。

それを見た源四郎は、お槙の臀丘《でんきゅう》や太腿《ふともも》の内側を撫でてやる。女器に触れないのは、二箇所で愛撫をしてしまうと、お咲が姉の軀《からだ》の反応を読みづらくなる――と考えたからだ。

やがて、後門がほぐれて来たようであった。お咲は、人差し指を口に入れた。

唾液で濡れた指先を、臀孔に差し入れる。

「はァっ」

お槙が、小さく呻《うめ》く。ぬぷっ……と最初の関節まで没入した。

お咲は、その指をゆっくりと前後に動かす。

排泄孔の内部から、後門括約筋《かつやくきん》を揉みほぐしているのだ。

指の出し入れを続けながら、お咲は、そこに顔を近づけた。舌先を伸ばして、後門の周囲を舐める。

「んん、ん……お咲ちゃん……そこォ……」

妹に臀孔に指を入れられ、舌で舐められて、お槙は甘ったるい悦声《よがりごえ》を発した。妹の行為に対する慣れが感じられる。

(この姉妹は、今までも女同士の愛戯に耽《ふけ》ったことがあるようだな……)

筆舌《ひつぜつ》に尽くしがたい逆境で姉妹の心の結びつきが強くなり、意にそぐわぬ相手に軀を投げ出す屈辱から、ついに互いを慰め合う近親女性同性愛《レズビアン》へと移行したのであろう。

それは、他人がとやかく言うべき筋合のものではない――と源四郎は思った。

やがて、お咲の熱心な愛撫によって、人差し指の付根まで、抵抗なくお槙の臀孔に没入できるようになった。

「源四郎様――」

お咲は、姉の臀の前で膝立ちになるようにと、源四郎に手真似で指示する。

源四郎が片膝立ちになると、右手で姉への愛撫を続けながら、柔らかな肉根を咥えた。

情のこもったお咲の吸茎によって、源四郎のものは、そそり立つ。

すると、お咲は、肉根の茎部を左手で摑んで、その先端を姉の後門へ近づけた。

ぬぽっ、と右の人差し指を抜き取る。そして、唾液で濡れた男根を臀孔に押し当てた。

「お姉ちゃん。息を吐いて、いきむのよ」

「ええ……」

お槙の返事を聞いてから、お咲は、右手で源四郎の腰を押した。

ずずず……っ、と長大な肉根が、お槙の臀孔に埋没してゆく。源四郎にとっても、お槙にとっても、生まれて初めての後門性交であった。

「お、おァァ……ァァんんっ！」

犬這いのお槙は、肩をねじるようにして、吠えた。

巨根の半ばまでが、後門に埋まる。源四郎は、そこで腰の動きを止めた。

後門括約筋の締めつけは、強烈であった。

「お槙、大事ないか」

「いえ……嬉しいばかりで…ございます」

肉の凶器で臀孔を刺し貫かれながらも、健気《けなげ》に、お槇は答える。

「動かしてみて、くださいまし」

「そうか」

源四郎は、ゆっくりと後退してみた。

薄桃色をした内部粘液が裏返しになって、排泄孔の外まで引っぱり出される。

つぎに、ゆっくりと前進してみた。今度は、排泄孔の周囲の皮膚までが、内部に引きずりこまれる。

「ううむ……」

締めつけも凄いが、美女の排泄孔を犯しているという背徳感が、非日常感が、源四郎を興奮させた。

お槇の反応を見ながら、源四郎が抽送を続けていると、お咲が彼の背後へまわった。

男の引き締まった臀部に、唇を押しつける。そして、お咲は、唇と舌で臀の谷間を愛撫し始めた。

「源四郎様……もっと、もっと深く……」

臀孔を犯される悦楽に目覚めたらしく、お槇は、行為の激化を望んだ。

源四郎は、ついに巨根の根元まで挿入してやる。女壺と違って、消化器官の場合は、行き止まりがない。

「あァ……火のついた薪《まき》で……お腹の中を掻きまわされているみたい……」

お槙は喘《あえ》いだ。

「ご存分に犯してっ、お臀の孔を滅茶苦茶にしてぇ……っ」

「よし、こうかっ」

もはや怪我をさせる心配はなさそうなので、源四郎は、お槙の臀を力強く責めた。その彼の後門を、お咲が舐めている。

双子美姉妹の姉を牝犬《めすいぬ》のように四ん這いにして、その臀孔を男根で犯しながら、妹に自分の臀孔を舐められる——男としては夢のような状況であった。

臀の双丘を鷲摑《わしづか》みにした源四郎は、楔《くさび》を打ちこむように巨根で突きまくる。

そして、お咲が丸めた舌先を深々と後門に挿入して来た時、源四郎は放った。

信じられないほど大量に、白濁した精液を暗黒の狭洞へ叩きこむ。

それを受けて、お槙も絶頂に達した。背中を弓なりにして、体中から汗を絞り出しながら、言葉にならない叫びを上げる。

お槙は、ぐったりと俯《うつぶ》せになった。合体したまま、源四郎も、その上に覆い被さる。お咲もまた、男の臀に顔を埋めたまま、動かなくなった。

三人は、しばらくの間、そのままの格好で息を鎮める。

「――源四郎様ァ」

顔を上げたお咲が、蜜をかけたような甘え声で言った。

「あたしのお臀も犯してくれないと、厭《いや》ですよ」

それから、源四郎は、お槇とお咲が逆向きに抱き合って、互いの秘部を舐める姉妹同性愛の愛戯を見物させてもらう。椋鳥《むくどり》と呼ばれる態位で、現代で言うところのシックス・ナインである。

姉妹の舌技は、秘部から後門へと移った。そして、お槇の舌と指が、お咲の後門括約筋をすっかりほぐしたところで、源四郎の出番となった。

源四郎は、牝犬の姿勢をとっているお咲の背後に、片膝立ちになった。

後背位で行う時には、源四郎は、いつも片膝立ちになる。両膝で立っていると、何かあった時に、すぐに動けないからだ。

お槇は、妹の下に逆向きになって横たわっている。

源四郎は、姉妹にしゃぶってもらう必要はなかった。姉妹レズを見ているうちに、股間の凶器は、猛々《たけだけ》しく復活していたのだ。

姉の唾液で濡れた妹の臀孔に、源四郎は、巨根の先端を押し当てた。そして、ゆっくりと貫く。

お咲の軀を労《いたわ》りながら、源四郎は、後門性交を続けた。その垂れ下がった玉袋を、真下からお槙が舐める。

妹の臀孔を犯しながら、その姉に玉袋を舐めしゃぶられるというのは、悪くない。

お咲は後門を逞《たくま》しく責められながら、姉の秘部を舐めていた。

四半刻《しはんとき》ほどして、源四郎は、お咲の腸《はらわた》の中に夥《おびただ》しく吐精することに成功した。

お咲も未知の快感に、気を失ってしまう。

こうして、双子美姉妹の第三の操を、無事に賞味することができた源四郎である。

三人が身繕《みづくろ》いを済ませてから、源四郎が、

「ところで、お前たちは、どこか行くあてがあるのか」

「いいえ……」

「もう一座にも帰れないし……」

お槙もお咲も、首を横に振る。

「そうか。うん、そうだろうなあ」

腕組みをした源四郎は、深々とうなずいてから、

「そうすると、行く先は一つしかないな――」

三

「またかねっ」

さすがに、下男の春吉は、うんざりした口調で言った。

「殿様は、あと三日しか居られねえこの屋敷で、芸者の置屋《おきや》でも始める気かね」

「まあ、そう言うなよ、春吉」

その夜――お槇とお咲の姉妹を屋敷に連れ帰った藤堂源四郎は、忠義者の下男を宥《なだ》めた。

途中で何度か駕籠《かご》を乗り換えて遠回りをしてから、源四郎は、姉妹を、この神保小路の屋敷へ連れて来たのだ。

青と赤の浴衣も目立ちすぎるので、途中の古着屋で着物を買って着替えている……。

そこは、藤堂屋敷の台所の隣にある食事の間だ。お紋とお光は、その隣の間に控えていた。

源四郎は、まず富籤《とみくじ》の前後賞で当てた七十両を、春吉の前に置いた。そして、双子姉妹を連れて来ることになった経緯を説明する。

無論、西両国の料理茶屋の二階で、美姉妹の女門も後門も味わい尽くしたことは口には出さない。

もっとも、姉妹が源四郎に向ける蕩《とろ》けるような視線から、二人とも彼に抱かれて大いに悦《よろこ》んだことは、誰の目から見ても明白であった。

「親の仇討ちねえ……まあ、そりゃあ、感心なことだけど……」

春吉の舌鋒《ぜっぽう》が鈍った。この時代の人間としては、親の仇討ちとなると、無条件で応援したくなるのが常なのだ。

「しかし、殿様」

春吉は、何とか反論する。

「そんな十年前の割り符が、今頃、証拠になるだかね。しかも、意味のわからねえ模様があるだけだなんて」

「そこを知恵と根気で、何とかするのだ」

源四郎は、お櫝から革袋を借りて、例の細工物を見せた。

それを受け取った春吉は、内側の模様を眺めていたが、

「ああ、そうか」

そう呟《つぶや》くと、台所から油を入れた徳利と料理に使う刷毛《はけ》、それに白玉団子を皿に載せて、座敷へ戻って来た。

「昼間、提重《さげじゅう》が売りに来たんで、お茶請けに買っておいた白玉団子だがね」

提重とは、重箱に菓子や稲荷寿司を入れて武家屋敷を売り歩く行商人のことである。女の提重は、売淫《ばいいん》することもあった。

「その団子で何をする」

「まあ、黙って見ててくだせえ」

春吉は、刷毛で細工物の内側に油を薄く塗った。そして、そこに団子を、ぎゅっと押しつける。

「さあ、どうだ」

春吉が細工物の反対側を、ぽんっと叩く。団子は、細工物から離れて落ちた。

それを拾い上げて、春吉は、源四郎に渡す。

「おお……そうだったのかっ」

「まあっ」

「お姉ちゃんっ」

源四郎と双子美姉妹は、ほとんど同時に叫んだ。団子の表面に、浮き彫り《レリーフ》のように意味のある形が浮かび上がったからである。

それは、宝船に乗った七福神であった。

「その凹《へこ》んだ模様を見て考えたって、何が何だかわからねえだよ。こうやって、逆に浮かび上がるようにしねえとな」

細工物の内側に残った油を手拭いで丁寧にふきながら、得意そうに春吉は言った。

「ううむ……これが、もう一つの割り符の形か。つまり、粂造という奴は、宝船に乗った七福神の割り符を持っていたのだな」

「――お殿様」

隣の座敷から、お光がやって来た。

「それを、あたしにも見せていただけますか」

「おう、これだ」

団子の表面に浮かび上がった宝船を、お光は、じっと見つめてから、

「あたし、これとそっくりの根付《ねつけ》を見たことがあります」

「な、何だとっ？」

「本当ですかっ」

お槇も身を乗り出した。

「ええ。浪華屋の旦那が帯に差した煙草《たばこ》入れの根付が、これにそっくりです」

「浪華屋宗右衛門……ああ、そういえば、宝船の根付だったたな。これほどの身代《しんだい》を持ちながら、まだ、福が欲しいのか——と俺は肚《はら》の中で呆《あき》れていたのだが」

「そ、その浪華屋宗右衛門というのは、どんな奴ですかっ」

お咲が勢いこんで、お光に尋ねる。

「そうですね。年齢《とし》は五十前くらいで——」

長屋娘の説明を聞いたお咲とお槇は、複雑な表情で顔を見合わせた。

「どうなのだ、粂造らしいのか」

「はあ……年齢と背の高さは、そんなものですが……昔の粂造は痩せぎすの男で……」

「恰幅《かっぷく》が良くて福々しいというのは、ちょっと、想像できません。建具商というのも、商売が違うし……それに、粂造だとしたら、大事な秘密の割り符を根付になんかして人目にさらすかしら」

お槇もお咲も、首を傾《かし》げる。すると、お紋が笑いながら座敷へ入って来た。

「まあまあ、皆さん、初心《うぶ》なことを仰《おつしや》いますねえ」

「初心とは何のことだね、お紋」

「いえね、お殿様。何の自慢にもなりませんが、あたしゃ、皆さんと違って裏街道を歩いて来た女です。なんで、悪党の考え方が少しはわかるんですよ」

「ほう……」

「その粂造って悪党は、何千両も摑んで、江戸へ出て来たんでしょう。元手もある、悪知恵もある、しかも、元は長崎奉行で今は作事奉行のお旗本という後ろ盾もある。これで、商いが成功しないわけがありません。すると、どんなに痩せた人間だって、美食三昧《ざんまい》で恰幅も良くなりますよ」

立て板に水で喋りまくる、お紋である。

「商売が唐物商じゃないというが、懇意にしてるのが作事奉行なら、江戸城の襖《ふすま》も障子も取り替える御役目じゃありませんか。それで儲けるために、わざと建具商になったんでしょうよ。もっとも、唐物や抜荷だって、今でも裏で扱ってるに違いありません」

「なるほどなあ」

「そして、大事な割り符を人目につく根付にするか——って疑問でしたね」

「ええ」

お咲は、お紋の問いかけにうなずいた。

「悪党ってのはね、大物になればなるほど、見栄っ張りというのか、自分がいかに知恵が逞しくて度胸があるか、自慢したくってしょうがないんですね。だから、わざと長崎時代の割り符を帯に付けてるんだと思います。どうだ、これが俺の悪事の証拠だが、世間の奴らは盆暗《ぼんくら》で節穴みたいな目ん玉ばかりだから、誰も気がつかないだろう——って気持ちでね。そうやって、世間を嗤《わら》ってるんですよ」

「ううむ……聞けば聞くほど、うなずけるな」

源四郎は、ただただ感心した。

「そう言えば」と、お光が言う。

「あたしたちが住んでいた長屋を取り壊して、浪華屋の敷地を広げたら、そこに堀の水を引きこんで船着き場を作るんだそうです。いつでも好きな時に、屋根船で出かけられるようにって」

「船着き場のことは、俺も聞いた。銀町の前の堀は、すぐに江戸湊《みなと》に繋がっている。なるほど……江戸湊の沖で密輸船から抜荷を受け取ったら、そのまま船で店まで戻ることができる。別棟を建てるためというのは口実で、本当の目的は船着き場を作ることにあったのかも知れんな」

ますます疑惑の深くなる、浪華屋宗右衛門であった。

「やっぱり、怪しい尻尾がどんどん出て来ますね」

お紋は、嬉しそうに言った。

「粂造が浪華屋宗右衛門なら、こちらの姐《ねえ》さんたちを殺そうとした懐弓の惣太、その仲間の坂巻玄蕃って殺し屋浪人、この二人を雇ったのは浪華屋ってことでしょうね」

「そう考えるしかないようだ」

源四郎は、ちらりと中《なか》廊下の方を見てから、

「よし。明日、お槙かお咲のどちらかが変装して、浪華屋の首実検に行くのだ。無論、俺が同行する」

「はいっ」

「是非、お願いしますっ」

お咲とお槙が、目を輝かせて言った。

それから、ふと、真剣な顔になって互いに見つめ合う。どちらが源四郎と外出するのか、それを考えているのだ。

「俺は、少し考えることがある」

源四郎は立ち上がった。

「誰も邪魔をしないでくれ。良いな――」

第九章　美姫《びき》献上

一

藤堂源四郎は、夜具に腹這《はらば》いになって煙草《たばこ》を喫《す》っていた。

「うむ……そうだ、そうに違いない。何度、考えても、結論はそれしか考えられんな」

独語しながら、源四郎は何度もうなずく。

そして、その安物の煙管を、とんっと灰吹《はいふき》の縁《ふち》に打ちつけると、

「――入りなさい」

穏やかな声で、源四郎は言った。

開け放した障子の蔭から、人影が現れた。

垂髪《たれがみ》の毬姫である。躊躇《ためら》いながら男の寝間へ入って来ると、夜具の脇に端座《たんざ》し

た。

源四郎も、夜具の上に正座して、

「毬姫、あの姉妹の話は聞かれたでしょうな」

「源四郎様は、先ほど、わたくしが廊下にいたのを……」

「知っておりました」

「……」

毬姫は面《おもて》を伏せる。隠れて聞いていた不作法を、恥じているのだ。

「だから、貴方《あなた》がわたくしに何か話があるだろうと思って、こうしてお待ちしていたわけです」

「わたくし……」毬姫は、辛そうに言う。

「源四郎様にお助けいただいたあの時……黒木備前守様の屋敷から逃げて参りましたの」

「そうだろうと思っていました。小日向には備前守の別宅がありますからな」

源四郎は、うなずいた。

作事奉行を務める家禄二千三百石の黒木備前守隆直は、麻布《あざぶ》に屋敷があるが、それ以外にも三つの別宅を持っていた。その一つが、小日向にあるのだ。

「女人《によにん》の口から言いにくいでしょうから、わたくしが代わって申し上げる。備前守の毒牙にかかる前に――たぶん、湯殿からでしょうが、着物を脱いで一人きりになったところで、貴方は必死の思いで逃げ出した。そして、あの稲荷の社に隠れていた。追って来た五人の侍たちは、備前守の家来というわけだ。そうですね」

「はい……」

消え入りそうな声で、毬姫は肯定する。全裸の姿を源四郎に見られたことを思い出して、羞恥《しゆうち》に身が細る思いなのだろう。

「貴方が備前守の別宅へ連れて行かれた理由ですが……金でしょうな」

「ええ。父上が病気がちで薬代が溜まり、先代からの借財もあり、どうにも内証が苦しくなっておりました。そうしましたら、用人の安部左近が、わたくしに奉公に出てくれないかと申して」

用人の左近が言うには――さる大身旗本に幼い姫君があるのだが、生まれつき軀《からだ》が弱くて、現在は小日向の抱屋敷《かかえ》で養生をしている。

二十歳の毬姫が、その姫君の話し相手として三年の間、奉公してくれるならば、その前渡し金で御家の借財は清算できる――というのであった。

この話を仲介したのは公儀御用達の商人だから条件に間違いはない――と安部左近は言った。

他人の屋敷で暮らすのは不安であったが、三年間という期限つきだし、借財のけりがつけば、父上も安心なさるだろう――と考えて、毬姫は奉公を承知した。

「ですが……」と毬姫は言った。

「小日向の屋敷に着いて、湯殿で軀を浄めるように――と老女中から言われた時に、それが嘘だとわかったのです。幼い姫君など、屋敷におられませんでした」

「御家の姫君を人身御供《ひとみごくう》にして借金返しとは、そいつは用人の風上にも置けぬ奴ですな。きっと、奉公の前渡し金の何割かを自分の懐《ふところ》に入れているに違いない。あ、いや……わたくしも、その者を非難できるような立派な武士ではありませんが」

「いえ、そんな。源四郎様は優しくて、お強くて、とてもご立派な…」

そこまで言った毬姫は、頰をほんのりと染めてしまう。源四郎は、それに気づかぬふりをして、

「よく打ち明けてくれましたな、毬姫。これで、全ての疑問が解けました。あの女死客人《おんなしかくにん》の牙鬼と申す者は、備前守に雇われて、わたくしを殺しに来たのでしょ

う」

「わたくしのせいで、源四郎様が危ない目に……」

「いや、そうではない」

ぴしり、と源四郎は否定した。

「私は先ほど確信しました。毬姫が、この藤堂屋敷へ来ることになったのは、天命です」

「天命……でございますか」

いきなり話が飛躍したので、毬姫は、啞然《あぜん》となった。

「そうですとも。考えてもごらんなさい」

源四郎は、確信に満ちた口調で言う。

「貴方を毒牙にかけようとしたのが、作事奉行の黒木備前守。その備前守の悪事の仲間が、浪華屋宗右衛門こと粂造だ。貴方の家の用人に話を持ちかけた御用達商人というのも、おそらく、浪華屋でしょう。悪党仲間の奉行に美姫献上というわけです。お光は、その浪華屋に長屋を追い出された。そして、浪華屋に雇われた惣太に殺されそうになったのが、お槇とお咲の姉妹。その惣太の仲間が坂巻玄蕃で、殺し屋の玄蕃と昵懇の間柄なのが青龍一家。その青龍一家の哲吾郎という親分に乱暴されそうになっていたのが、お紋だ。どうです、悪党どもに非道な目にあった女たちが、みんな、この屋敷に集まって来ている」

「まあ、本当に……不思議でございますね」

「だから、これは偶然ではなく、天命なのです。放蕩三昧《ほうとうざんまい》で旗本をしくじったわたくしですが、天は、心を入れ替えて不正義に苦しめられている女たちを救え――と命じているに違いありません」

暗い庭の方に目をやった源四郎は、毬姫に視線を戻した。

「わたくしは今、毬姫のみならず女たち全員を助ける方法を考えている。富籤《とみくじ》で当座の生活費はできたが、それだけでは駄目なのです。もっと根本的に、みんなが安心して暮らせるようにする方法を考えないと」

「ですが……そのような方法がございましょうか」

頼もしい宣言を喜びつつも、源四郎の言葉は楽観的すぎて、信じ切れないような毬姫であった。

「備前守と浪華屋の長崎時代の旧悪を暴くというのは、一つの方法です」

「……」

「しかし、その証拠が割《わ》り符《ふ》だけというのは、心許《こころもと》ない。もっと別の思い切った手を、考えるべきでしょうね」

「それは、例えば……」

「一晩、ゆっくり考えてみましょう」

源四郎は微笑して、言葉を切った。話し合いは終了した──と毬姫に告げたのである。

すると、毬姫は、

「……わたくし…宮原家の……宮原昌豊《まさとよ》の娘でございます」

源四郎との会話を続けたいがために、ついに自分の素姓《すじよう》を明かした。

「宮原家というと、あの古河公方《こがくぼう》の流れをくむという高家《こうけ》の？」

「はい。本家の宮原家は家禄千四十石でございますが、わたくしの家は分家ですので五百石でございます」

高家とは、文字通り、旗本の中の〈高い家柄〉という意味で、幕府の作法指南役とでも呼ぶべき存在であった。

徳川幕府が朝廷へ使節を送ったり、勅使の接待をしたりする時に、作法や礼式の一切を司るのが、高家だ。日光東照宮へ将軍の代参を務めたりもする。

大石内蔵助《くらのすけ》率いる赤穂浪士に討ち取られたことで有名な吉良上野介義央《よしなか》は、高家の最高位である高家肝煎《きもいり》であった。高家筆頭とも呼ばれている。

二十数家ある高家のうち、役職に就いている奥高家は九人のみ。他の高家は無役で、表高家と呼ばれた。

高家の禄高は千石から二千石くらいだが、役職に就いていなくても、諸大名や大身旗本に作法指南などをして礼金を受け取ることができるので、一般的に暮し向きは楽だと言われている。

しかし、宮原家のように当主が病気がちで先代の借金があるような場合は、やはり、普通の旗本以上に生活が苦しいのだろう。

「なるほど、それでわかりました」と源四郎。

「黒木備前守は、金も権力も掌中にして、次は高貴な姫君を手に入れたくなったのでしょう。まして、こんなに美しい姫なのだから、なおさらだ」

初めて毬姫に会った時から〈気品のある美しさ〉と思っていた源四郎の勘は、正しかったのである。

「高貴などとそのような……実際は、困窮している旗本の娘にすぎませぬのに」

そう卑下《ひげ》してから、毬姫は、ちらっと源四郎を見上げて、

「わたくし……備前守様に指一本、触れられておりませぬ」

何か挑むような口調で言った。

「ええ、信じています」

源四郎は、素直にうなずく。

「信じるだけで、よろしいのでございますか」

「はあ？」

「あの……お調べにならなくとも、よろしいのですか」

耳まで真っ赤に染めて、毬姫は言った。

「――毬姫」

源四郎は膝を進めて、毬姫を胸の中に抱きしめた。

「数日後には、野良犬同然になるかも知れぬ男ですぞ。そんな男に、女人の最も大切なものを差し出しても、よろしいのですか」

「毬の一番大切なものは、源四郎様のお心でございます」

毬姫は目を閉じて、

「……女にしてくださいまし」

源四郎は、その花のような唇を吸った。そして、懐に手を入れると、小さめの乳房を静かに掴む。

高貴な姫君の口から洩れた甘い喘《あえ》ぎ声は、源四郎の口の中に入りこんだ。

源四郎は、女壺振《おんなつぼふ》りのお紋に実戦で淫戯《いんぎ》指南を受け、長屋娘のお光ですでに処女の破華《はか》を経験済みである。

したがって、同じく処女である毬姫を抱くのに、何の不都合もないように思えた。

だが、彼の右手が懐から裾前《すそまえ》に移動し、そこから滑りこんで内腿《うちもも》を撫で上げようとすると、

「ん……っ」

左右の太腿が、きゅっと締まって、男の手を挟みこむ。

源四郎は右手を引いて、着物の上から膝や太腿を撫でた。それから再び、裾前を割って、内腿に侵入しようとすると、またもや太腿が挟みこんで、それを阻止する。

殿様マグロ時代の源四郎であれば、「何だ、俺に抱かれたいのではなかったのかっ」と憤慨していただろう。

しかし、お紋のおかげで女性心理を多少は理解できるようになった今の源四郎

は、そんな短絡的な判断は下さない。

厭《いや》がっているのではない、高家の姫君として厳しく躾《しつ》けられた毬姫の軀が、自分の意志とは別に本能的に破華に怯《おび》えているのだろう——と考えた。

（それなら、逆の手で行くか）

源四郎は、毬姫の軀を夜具の上に寝かせた。左肩を下にして、横向きに寝かせたのである。

「……………？」

毬姫は、何をするのかと不思議そうな表情になった。

「いいですか、姫」と源四郎は言った。

「惚れ合った男と女は、互いの大事なところを舐めたり咥《くわ》えたりします」

「まあ……」

そのような淫戯は彼女の性知識になかったらしく、毬姫は心底、驚いたようであった。

「わたくしは今から、あなたの大事なところを舐めます。貴方も、わたくしのものを舐めなければいけない。良いですね」

そう言って、源四郎は、毬姫とは逆向きになって横たわった。そして、自分の着物の前を広げて、下帯に包まれたものを見せる。

さらに、源四郎は下帯を解いて、まだ柔らかい肉根を剝《む》き出《だ》しにした。

「こ、これが……」

生まれて初めて間近《まぢか》で見た男性の生殖器の生々しい形状と質量に、毬姫は圧倒されたようであった。

「両手で触れて。そして、撫でてください」

源四郎は命じた。ショック療法で、毬姫が無意識に感じている恐怖感を取り去ろうというのである。

おずおずと触れた高家の姫君の纖手《せんしゅ》は、絹のなめらかさで、肉根を撫でた。その拙《つたな》い愛撫の刺激によって、男の象徴は、むくむくと膨張する。

男の肉体の仕組みを目撃した毬姫は、

「不思議だこと……人の軀が、このように変化するなんて……」

恐怖よりも好奇心の方が優勢になった、姫様であった。彼女の手では小さすぎて、極太の茎部を握っても指がまわり切らない。

「そして、毬姫。次は、このように――」

源四郎は、姫の裾前を開いて、その秘部を露出した。右足を立てさせる。

「あ……」

毬姫は顔を背《そむ》け、羞恥で固く目を閉じる。それなのに、律儀に雄柱には指をまわしたままであった。

淡い恥毛に飾られた女器は、鴇色《ときいろ》をしていた。形状は慎ましやかで、亀裂から顔を覗かせている一対の花弁も、ごく薄い。上品に窄《すぼ》まった排泄孔《はいせつこう》は、紅色である。

亀裂の始まりに位置している淫核は、今は皮鞘《かわざや》に隠れたまま、姿を見せていない。

源四郎は、そこに顔を近づけた。そして、淫核が潜んでいる皮鞘の入口を鼻の頭で擦《こす》る。これも、お紋師匠に教えられた淫技だ。

「ひィァんっ」

可愛らしい小さな悲鳴とともに、びくんっ、と毬姫の軀が反《そ》りかえった。

それに構わず、源四郎は、鼻先で亀裂を縦に擦った。そして、丸めた舌先を亀裂の中に侵入させる。

「そ、そのような……源四郎様ァっ」

身も世もあらぬという風情《ふぜい》で、毬姫は身悶《みもだ》えをする。

「さあ、姫。貴方も、わたくしのものも同じように、舐めてください」

「はい……」

生まれて初めて自分の秘処《ひめどころ》を男の舌で愛撫された毬姫は、目を閉じたまま、生まれて初めて男根に唇を押し当てて、これを舐め始めた。

横向きになって男女が互いの局部を口唇愛撫する——この態位を〈二《ふた》つ巴《どもえ》〉という。

愛汁《あいじゆう》まみれになった女器を舐めながら、源四郎は、毬姫に指示を与える。

姫君は幼児のように素直に、その指示に従った。屹立《きつりつ》して脈動する肉の凶器の先端を、精一杯に開いた口で咥える。

そして、源四郎は自分の軀の位置を変えると、裸になった。毬姫の着物も脱がせて、全裸にする。

毬姫の裸身は、真っ白な肌の下で血液が沸騰して、全身が赤く色づいていた。

「姫……」

「毬と呼び捨てにしてくださいまし」

「毬、俺のものにするぞ」

「はい……」

源四郎は、毬姫を抱きしめた。そして、横向きの姿勢のままで、高家の姫君の清らかな花園を貫いた……。

二

翌日の朝――お紋、お光、お槙とお咲の姉妹、毬姫の五人の美女と一緒に朝餉《あさげ》を摂った源四郎は、明るく朗《ほが》らかな表情をしていた。何か重大な決断をした男の顔であった。

昨夜、感動的な初交を経験して三度も熱い精を注ぎこまれた毬姫の方は、まともに源四郎の顔が見られない。目を伏せて食事を摂りながら、時々、ちらりちらりと愛《いと》おしい男の顔を盗み見していた。

それに気づいた源四郎が目を合わせて微笑すると、耳まで真っ赤になる。

三杯もお代わりをしてから、源四郎は朝食を終えた。

食事の後片付けをしている下男の春吉に、源四郎が、

「浪華屋へ探りに行くのは午後からにして、俺は少し、土蔵で捜し物をしているからな」

「何を捜すのかね。めぼしいものはとっくに売り払って、もう、金目のものは残っちゃいねえだよ」

「まあな。だが、気合を入れて捜したら、意外な掘り出しものがあるかも知れんぞ」

軽口を叩いて、源四郎は、敷地の北西にある土蔵へ向かった。

脇差を差した腰には昨夜、毬姫の破華を行った時の余韻が、まだ残っている。

源四郎のものに貫かれて女になった瞬間、毬姫の頬には一筋の涙が光っていた……。

源四郎は、土蔵の入口の錠《じょう》を開いて、観音開きの扉を開けた。庭下駄を脱いで、中に入る。

春吉の言う通り、むっとするほど熱気のこもる蔵の中身は、父親が健在だった時の三分の一くらいに減っていた。

「我ながら、親不孝な倅《せがれ》だったなあ……」

そう呟《つぶや》きながら、源四郎は中央の階段から二階へ上がった。壁に引っかけてある棹《さお》を使って、高い位置にある明かり取りの窓を開く。

その窓と入口から流れこむ風で、ようやく、土蔵の中の暑さは我慢できる程度になった。

それから、源四郎は、手近な長持《ながもち》に腰を下ろして、

「――さあて、俺一人だけだ。もう、姿を見せても良いぞ」

誰に語りかけるともなく、そう言った。

ややあって、音もなく階段を上って来た者がいる。

藍色《あいいろ》の手拭いで頰《ほお》っ被《かぶ》りをして、焦げ茶色の小袖を臀端折《しりつぱしよ》りにしていた。胸に高々と白い晒《さら》しを巻いて白い木《き》股《また》を穿《は》いている。背の高い男であった。

いや、男ではない。男装の女死客人《おんなしかくにん》・牙鬼である。

右手を懐に突っこんだ牙鬼は、油断なく左右に目を配りながら、源四郎に近づく。

「何を警戒している。伏兵などいるものか。俺一人だと言っただろう」

「俺は、他人の言うことは信用しねえことにしてるんだっ」

「そうか」源四郎は微笑して、

「安心しろ。すぐに、俺とお前は他人ではなくなる」

「何を言ってるんだ、お前は。頭が少しおかしいんじゃねえのかっ」

嚙みつくように、牙鬼は叫んだ。

「昨夜、庭先にいて、俺と毬姫の話をみんな聞いただろう。お前が、俺の殺しを引き受けてこの屋敷へ来たのはな、天命だ」

「……」

庭の闇の中に隠形《おんぎょう》していたことを指摘されて、牙鬼の顔に、かすかに狼狽《ろうばい》が走った。それは、毬姫の破華の様子も目撃していたことになるからだ。

「他の女たちと同様に、お前はこの藤堂源四郎にとって天命の女だ。だから、俺は、お前を抱く。お前を抱いて、死客人稼業から足を洗わせる」

いささかの揺るぎもない口調で、源四郎は言った。

「ふざけるな、ぶっ殺すっ」

懐から例の煙管剣《きせるけん》を抜いた牙鬼は、源四郎に躍りかかった。

しかし、その煙管剣は簡単に取り上げられ、牙鬼の軀は男の膝の上に横向きに座らされてしまう。

「どうした、殺気がなくては人は殺せんぞ」

そう言って、源四郎は、煙管剣を近くの柱に突き刺した。

「お、俺なんか抱いたって……何にも面白いことねえぞ」

牙鬼は、そっぽを向いて、そう言った。だが、源四郎の膝の上からは逃げようとしない。

　夏だというのに、その肌からは女性特有の甘い汁の匂いはしなかった。

「面白いことは、あるさ。お前はな、俺に抱かれて女になり、今よりも、もっともっと別嬪《べっぴん》になる」

「俺は、別嬪なんかじゃねえっ」

　いつの間にか、牙鬼は涙ぐんでいた。

「お前は侍のくせに、本当にひどい奴だ。どうして、俺の厭がることばかり言うんだよォ……俺は、女のくせに御神木《ごしんぼく》みたいにでっかい生まれ損ないなんだ。あそこに毛も生えてないし、顔は男みたいだし……男に抱かれても丸太ん棒みてえに味気ないし……俺みてえな女は死んじまった方がいいんだっ」

「そうか、そうか」

　源四郎は、幼児にするように牙鬼の頭を優しく撫でてやった。お槇・お咲の姉妹と同じように、牙鬼もまた、不幸な男性経験がある女だったのだ。

「お前はきっと、小さい時から俺などが想像できないほど苦労を重ねてきたのだろうな。それで、人殺しを稼業にするようになったのだろう……今までに何人の人を手にかけたか、覚えているか」

源四郎が、牙鬼の口元に耳を近づけると、男装の女死客人は、ぼそぼそと何事か囁《ささや》いた。

「ううむ……やってしまったことは、仕方がない」

沈痛な表情で、源四郎は言った。

「これからの人生、お前は毎日、その者たちの菩提を弔《とむら》うことを忘れるな。良いか」

「はい……」

何と、冷酷な女殺し屋のはずが、牙鬼は、こっくりとうなずいたではないか。

先日、刺殺に失敗して捕らえられたにもかかわらず、自分を殺しもしなければ、拷問《ごうもん》にもかけず、犯そうともしなかったばかりか、わざわざ武器まで返して自由の身にした——そんな藤堂源四郎に対して、牙鬼は心底、惚れてしまったのであった。

自分にそのような人並みの恋心があったことに、牙鬼は大いに驚いたのだが……。

「よし、よし。本当にお前は、可愛いなあ」

源四郎は、牙鬼に接吻《せっぷん》した。牙鬼は夢中で、唇を押しつけて来る。その頭を撫でながら、源四郎は牙鬼の口を貪《むさぼ》った。

互いに呼吸が苦しくなってから、ようやく、二人は唇を離した。

「……………」

頬を赤く火照《ほて》らせた牙鬼が、ふっと羞《はず》かしそうに微笑した。

その時、彼女の汗ばんだ肌から、突然、甘い熟れた女体《にょたい》の匂いが立ち上ったのである。心の有り様の変化が、肉体の分泌系にも多大な影響を及ぼしたのであろうか。

源四郎は、それを指摘しようと思ったが、すぐに考え直して、やめた。その代わりに、

「つまらない男のことなぞ、忘れてしまえ。何もなかったのだ。お前は今日、俺に抱かれて、本当に女になるのだ。わかるな、今からが本当の破華だぞ」

「はい……源四郎様」

嬉しそうに牙鬼はうなずいた。

源四郎は、牙鬼を軽々と抱き上げると、二階の床に座らせる。

「そうだ。まだ、本所の石置場で加勢してくれた時の礼を言っていなかったな。命拾いをしたよ、ありがとう」

源四郎の絶体絶命の危機の時、坂巻玄蕃に向かって石を投げつけたのは、女死客人の牙鬼だったのである。隠形の術に長《た》けている牙鬼の居場所は、さすがの玄蕃にもわからなかったらしい。

「いえ、そんな……俺も夢中で……」

牙鬼は、さらに恥じらう。そのいじらしさは、恋を知ったばかりの十二、三の小娘のようであった。

源四郎に惚れてしまった牙鬼は、彼を殺すことができず、仕方なく、外出したところを尾行していたのである。

「ところで、お前の本当の名は、何というのだ。二親《ふたおや》につけてもらった名は」

「………」

牙鬼の表情が曇った。

「どうした」

「だって……変な名前なんです」

「言ってみなさい。笑ったりしないから」

「……かき、柿の実の柿」

ぼそり、と牙鬼は言った。死客人としての牙鬼という名は、この〈柿〉に濁点を加えて、もじったものであろう。

「お柿か、良い名前ではないか」

「そうでしょうか」

牙鬼は、半信半疑である。

「桃栗三年柿八年――柿の木は実を結ぶまでに、桃や栗の倍以上の八年もかかるという。それだけ、じっくりと刻《とき》をかけて育つのだ。そして、柿の実は熟れて甘く、手間をかけて干し柿にすれば、さらに甘くなり保存もできる。その柿渋《かきしぶ》は染料として広く役に立ち、また、凍傷《とうしょう》の治療薬にもなる。柿の木は、念珠《ねんじゅ》の材料にもなるな」

「…………」

「お前の親は、人より遅くてもいいから、誰にでも喜ばれて世の中の役に立つ人になれ――という願いをこめて、お柿と名づけたのだろう。何を変なことがあるものか」

「源四郎様……」

牙鬼――いや、お柿の双眸《そうぼう》に、大粒の涙が膨れ上がった。

源四郎の推測が正しいかどうかは、問題ではない。今まで引け目を感じていた自分の名前を、そこまで丁寧に褒めてくれる男の優しさに、お柿は胸が熱くなったのである。

「では、そろそろ女になろうか。どうだ、お柿」

「はい、女にしてください――」

三

藤堂源四郎は着物を脱ぎ捨てると、お柿の前に仁王立ちになった。

白の下帯も外す。股間の肉根は、だらりと垂れ下がっていた。

「あ……」

お柿は、目を見張った。

今まで何度も源四郎の愛姦を密かに覗き見していたお柿であったが、これほど間近で彼の巨根を見るのは初めてなのである。

その瞳には、驚愕と恐怖と、それ以上に大きな愛情と欲望が複雑に入り混じった色があった。

「これが、お前の大事なところを貫くものだ。どうすれば良いか、わかるな」

「は、はい……ご奉仕させていただきます」

正座しているお柿は、両手で肉根を摑んだ。そして、躊躇《ためら》いがちに先端を咥える。

源四郎は、ゆっくりと頭を前後に動かして吸茎するお柿を見下ろして、その項や肩を撫でてやった。

その優しさに元気づけられたように、さらに熱心に、お柿は男根をしゃぶる。たちまち、男の象徴は火柱となってそそり立った。巨砲から口を外したお柿は、

「御主人様……飲ませてください。男の精を、たっぷりと……」

自分の唾液で濡れた茎部に頰ずりをしながら、切なげに言う。

「よし、よし」

源四郎が承知すると、お柿は嬉しそうに再び、巨根を咥えた。

淫戯指南役のお紋の説明によれば、暴力的な世界に身を置いている女ほど、相手の男に荒っぽく扱われて身も心も完全に支配されたいという願望が強い――という。

自分自身が泣嬉女《なきめ》であるお紋の指摘だから、信憑性《しんぴょうせい》は高い。泣嬉女とは、真正の被虐嗜好者《マゾヒスト》のことだ。つまり、お紋の指摘は、「自分を完全に支配するほどの

男は、強者であって欲しい」という意味になるのだ。

だから、源四郎は、最も奉仕度数が高い仁王立ちでの吸茎を、お柿に命じたのである。今、お柿が雄汁《おじゆう》を飲ませて欲しいと哀願したところをみると、お紋の言葉は、やはり正しかったわけだ。

源四郎は、男髷《おとこまげ》の後頭部を両手で押さえつけた。そして、じゅぷっ、じゅぽっ、じゅぷっ……と乱暴に巨砲を口腔に出し入れする。

男装の女死客人の口を、源四郎は男根で犯しているのだ。お紋直伝の強制口姦《イラマチオ》である。

「おぐっ……うぐっ……」

石よりも硬い極太の剛根で喉の奥を突かれて、お柿は、苦痛ではなく喜悦の呻《うめ》きを洩らした。淫《みだ》らな牝《めす》奴隷のように扱われることに、深い快感を感じているのである。

短い時間のうちに、源四郎の快楽度数は急激に上昇した。

「出すぞ、お柿。一滴残らず、飲み干すのだっ」

そう言って、源四郎は、ぐいっ、ぐいっ……と腰を突き出した。欲望の堰《せき》が開かれて、白濁した溶岩流が怒涛のように、女の喉の奥に叩きつけられる。

「ん、んん……んぐぅ……」

お柿は歓びに震えながら、喉を鳴らして火傷《やけど》しそうなほど熱い聖液を飲み干す。口の中を満たしていた聖液を嚥下《えんげ》すると、ちゅう、ちゅう、ちゅう……と肉根の内部に残留していた聖液まで吸い尽くした。

さらに口を外すと、お柿は、巨砲の茎部や玉袋に舌を這わせながら、

「美味《お》しい……もっと、もっと飲ませて。御主人様のものなら、あたし、お小水でも喜んで飲ませていただきます……」

いつの間にか、自分のことを〈俺〉ではなく、〈あたし〉と呼んでいるお柿であった。

「本当に可愛いなあ、お柿は」

源四郎は微笑しながら、女の頭を撫でてやる。女に小水を飲ませるような倒錯した趣味はないが、そうまで慕ってくれる心根は大事にすべき――と源四郎は考えていた。

「だが、その前に、することがあるだろう。着物を脱いで、そこへ仰向《あおむ》けに寝るのだ」

「はい……」

素直に、お柿は小袖や肌襦袢《はだじゅばん》を脱いだ。

胸に巻いていた白い晒し布も外す。胸筋が発達しているせいか、乳房は小さめであった。乳頭は茱萸色《ぐみいろ》をしている。

木股を脱ぐ段になって、お柿は逡巡《しゅんじゅん》した。お柿は、その部分が無毛であることに、強度の劣等感を抱いているのだ。

「それは、俺が脱がせてやろう」

男にそう言われて、お柿は安堵したように、床に横たわった。両腕を、胸の上で斜めに組むようにする。長い両足を揃えて、まっすぐに伸ばした。

全身が引き締まっていて、牝鹿《めじか》のように均整の取れた素晴らしい肢体《したい》である。それなりに剣術の修業をしたことのある源四郎には、一目で鍛えた肉体だということがわかった。

江戸の暗黒街で男装の殺し屋として生き延びてゆくために、牙鬼のお柿は、苛酷《かこく》な修練を積んだのであろう。

全裸の源四郎は、男装女の下肢を跨《また》ぐようにして片膝を床に突いた。そして、お柿の腹部に両方の掌《てのひら》を当てると、ゆっくりと撫で上げてゆく。

彼の両手が腕の下の乳房に達すると、お柿は両腕を脇に下ろした。源四郎は、左右の乳房を柔らかく揉みながら、乳房の間に顔を伏せる。そして、胸の谷間を唇と舌先で愛撫した。

「はあ……ァん」

お柿は喘いだ。そのように優しい愛撫を胸に受けたことが、ないのであろう。

源四郎は、女の下肢の方へと移動した。

白い木股には、透明な愛汁が滲み出ていた。無毛なので、その下の亀裂の形状が、くっきり浮かび上がっている。

その部分に、源四郎は顔を近づけた。布の上から、舌で亀裂を愛撫する。

「ん、あァ……」

お柿は、身悶《みもだ》えした。舌先と指で、源四郎は布越しの愛撫を続ける。

そして、木股の後ろに指をかけると、お柿の腰を浮かせて、するりと臀部《でんぶ》から膝まで引き下ろした。さらに、両膝を立てさせると、木股を脱がせてしまう。

「あ、駄目ぇ……」

お柿は片腕で、自分の目を覆った。源四郎は、女の両足を開かせると、

「童女のように愛らしい眺めだぞ、お柿」

そう言って、無毛の花園にくちづけをする。

「御主人様……」

腕の下で、お柿は涙ぐんでいるようであった。

すでに、たっぷりと潤《うるお》っている女器であったが、源四郎は男装女の劣等感を一掃するために、時間をかけて愛撫する。唇と舌と指を駆使してだ。

「もう……御主人様、もう……」

お柿は顔を左右に振って、挿入を哀願する。

「うむ、うむ」

源四郎は、女の上に軀を重ねた。そして、お柿の長身を二つ折りにして、その足を自分の肩に掛けさせる。

屈曲位《くつきよくい》であった。態位四十八手の中では、深山本手《みやまほんて》と呼ばれている。

お柿は神妙に目を閉じて、全身の力を抜いた。源四郎は雄々《おお》しく猛《たけ》っているもので、過剰なほど濡れている女壺を貫く。

「――――っ！」

お柿は仰《の》けぞった。長大な巨砲は、女死客人の花孔の奥の奥まで深々と突き刺さっている。鍛えた肉体は、括約筋《かつやくきん》の味わいも素晴らしい。

「お柿――」

源四郎は、女の耳に口を寄せて、

「お前は今、本当の女になったのだぞ」

「はい……」

感極まった声で、お柿は言った。

「あたしは、たった今……御主人様のもので女にしていただきました……」

そして、源四郎に接吻してから、

「これまでの罪滅ぼしになるように……でっかいお珍々で、思いっ切り犯してくださいまし。あたしの秘女子が裂けてもかまいませんから、情け容赦なく、いたぶって」

「よし、わかった」

そう言いながらも、源四郎は、ゆっくりと抽送を開始した。お柿の反応を見ながら、少しずつ動きを大きくしてゆく。

そして、すでに男性経験のあるお柿の女壺が負担に耐えられると判断すると、力強く腰を使った。お柿の希望通りに、がむしゃらに突いて、突いて、突きまくる。

自分の髪を掻きむしりながら、お柿は乱れた。正気を失ったように、叫んで、哭いて、吠える。

彼女が生まれて初めて悦楽の絶頂に駆け上がると、それに合わせて、源四郎は引金を絞った。

先ほど飲ませたばかりだというのに、驚くほど大量に射出する。女壺を不規則に痙攣《けいれん》させながら、お柿は、その聖液に肉体の深部を満たされて、失神した。

しばらくしてから、源四郎が耳朶《じだ》を甘噛みしてやると、お柿は意識を取り戻した。源四郎を見て、羞かしそうに微笑《ほほえ》む。

「お柿。一層、別嬪になったぞ」

「そんなことばっかり……」

お柿は、男の首筋に接吻した。二人は、結合したままである。

「なあ、お柿」

「はい」

「俺は、お前を幸せにしてやりたい」

「あたしは今、死んでもいいくらい幸せです……」

「うむ」源四郎は、うなずいた。

「今だけでなく、来月も来年も、ずっとずっと幸せにしてやりたいのだ。お前だけでなく、お紋もお光も、この屋敷にいる者はみんな、だ」

「そのようなことが、できましょうか」

お柿の声が、哀しそうになった。殺し屋であっただけに、現実の厳しさを他の誰よりも知っているお柿なのであった。

「できる、してみせる。お前もお紋たちも、みんな天命の女だ。だから、天は必ず、我らに味方してくださる」

揺るぎない確信をこめて、源四郎は言った。

「そこで、お前に教えてもらいたいことがあるのだ。まずは――」

第十章　破邪剣正《はじやけんしょう》で妻七人

一

土蔵の「整理」から戻って来た藤堂源四郎が「首実検は中止だ」と、いきなり言ったので、みんなは「えっ⁉」と驚いた。

特に驚いたのは、お槙とお咲の双子姉妹である。

十年間、二人で世間の辛酸《しんさん》を舐め尽くして、女同士の愛戯に耽《ふけ》るほど仲の良い姉妹であった。

それが、どちらが源四郎と一緒に浪華屋宗右衛門の首実検に行くかで、昨夜から冷たい戦争に陥《おちい》っていたのである。

首実検中止と聞いて、がっかりした双子姉妹は、「はあ……」と溜息《ためいき》まで二重唱《デュエット》をしてしまう。そして、へなへなと骨なし海月《くらげ》のように、その場に座りこんでしまった。

「春吉、羽織と袴を用意してくれ」

「はあ、どちらへ……」

「小日向の叔父上《おじうえ》のところだ」

「え……っ」

春吉は、驚きのあまり棒立ちになった。叔父上とは、源四郎の母の弟で、元勘定吟味役の鹿島五郎右衛門のことである。

「さ、早くしてくれ」

慌ただしく支度をした源四郎は、屋敷から出た。

武家屋敷の建ち並ぶ一橋通りを抜けて、神田川に架かる水道橋の前に出た源四郎は、ふと橋の左手にある三崎稲荷に目を止めた。

（梔子殿……いや、毬姫と出会ったのも、小日向の稲荷社だったな。お参りして行くか）

正面の鳥居の前で一礼した源四郎は、低い石段を昇って、境内へ入った。手水所を使って手と口を浄めてから、本社の前に進む。

（わたくしの策が成功して、皆が穏やかに暮らせますように……何とぞ、お力

添えください)

真剣に祈願してから、鳥居の方へ戻ろうとした源四郎に、突然、どすんっとぶつかって来た者がいる。

「おっ?」

相手の軀《からだ》を受け止めて、源四郎は驚いた。それは、屋敷にいるはずの下男《げなん》の春吉だったのである。

「どうした、春吉」

「殿様、死んじゃ厭《いや》だっ」

春吉は、源四郎の胸にしがみついて、子供のように泣きじゃくる。

「俺は死なんぞ。何を言っているのだ、お前は」

「嘘だ、嘘だっ。敵が大物すぎて、どうしようもなくなったから、叔父上様のところで腹を切るつもりだろう、そんなの厭だっ」

源四郎は困惑したが、春吉は泣きやまない。

さして広くはない境内にいる参詣客たちは、衆道《しゅどう》の痴話《ちわ》喧嘩とでも思ったのか、興味津々で二人を見ていた。

「これは、いかんな」

源四郎は周囲を見まわしてから、春吉を抱きかかえるようにして、社殿の背後へ行った。

その途中に、「む……」と源四郎は首をひねった。春吉の軀の感触が、何か奇妙だったからだ。

社殿の背後には、木立が広がっている。

「さあ、泣きやんでくれ、春吉。ゆっくり話は聞いてやるから」

そう言いながら春吉の乱れた襟元《えりもと》を直してやると、源四郎の手が、下男の胸に触れた。

「え？」源四郎は目を丸くする。

「おい、まさか……お前、女だったのかっ」

腹掛けに包まれて目立たなかったが、〈春吉〉の胸には、小さな乳房があったのだった。

「当たり前だっ」

怒りの声で、相手は言った。顔の半ばまで覆った前髪を掻き分けて、

「おらは、生まれた時からずっと女の春だっ」

なるほど、まともに見ると、可愛い顔立ちをしている。

「春……お春というのか。では、どうして、春吉などと名乗ったのだ……いや、待てよ」

春吉のお春は、昨年の春、藤堂家の知行地《ちぎょうち》である下総国《しもうさのくに》の山樹村《やまきむら》から来た奉公人であった。

旗本が、その知行地の百姓を奉公人として使うことは珍しくない。人材斡旋業である口入れ屋に頼むよりも、よほど人物に信用がおけるし、紹介料も不要だから経費の節約にもなる。

このお春も、山樹村の名主の角右衛門《かくえもん》の紹介状を持って、藤堂屋敷へ来たのだ。

その紹介状には、たしかに、「彦兵衛《ひこべえ》方《かた》次男　春吉　当年十七」と書かれていたのである。しかし、お春が生まれた時から女なら、名主がそれを知らぬはずがないだろう。

「あの実直無類の角右衛門が、偽《いつわ》りを書いたのか。領主たる俺を騙したのか。なぜだ」

「そうしなかったら、おら、首括《くく》って死んじまうって名主様を脅かしたからだよ。ついでに、丸吉《まるきち》んとこの嫁さんと寝たのを、村の衆に話してしまうからって」

十八娘は、あっさりと説明した。

「よその女房と不義《ふぎ》を働いたのか、あの岩よりも堅物という評判だった角右衛門が……人とはわからぬものだなあ。いや、まあ、他人のことをどうこう言う資格は、俺にはないが」

「そうだよ。殿様ってば、色狂いみてえに、外出のたんびに女子《おなご》を拾って来るんだから」

「だから、それは、まあ……兎《と》も角《かく》としてだな」

どんどん女を連れて帰ることは否定できない事実なので、源四郎は、話を元に戻すことにする。

「お前は、どうして、名主を脅かしてまで男になりすまして屋敷へ来たのだ。その理由は何だ」

「殿様のお嫁になるために、決まってるでねえかっ！」

お春は顔中を口にして、怒鳴った。

「……………はあ？」

源四郎は心底、何が何だか、わからなくなった。

「十二年前の約束を忘れちまったのかよっ」

「十二年前……十二年前というと、まだ父上が健在で……そうだ、父上と一緒に下総の知行地へ行ったことがあったなあ。領民たちに対する次期領主の顔見せとして」

当時の記憶を辿っていた源四郎は、ふと、眉《まゆ》をひそめて、

「そうだ、あの時、山樹村にも行ったのだ。名主がとてつもない堅物だと聞かされたのは、その時で……ああ、村の子供が茶を持って来てくれたな。ほっぺたの赤い、可愛い女童《めわらべ》だった。六、七歳の」

「それが、おらだっ」

お春の方は、心の底から怒っていた。

「あの時、お前様は何と言ったのか、忘れたのか。可愛い子だ、十年経ったら嫁にもらおうか——そう約束したではないか。それが、十年どころか、もう、十二年も経ってるんだぞっ」

「…………」

軽い目眩《めまい》を覚えて、源四郎は、近くにあった捨て石に腰を下ろした。

「すると……何か」

源四郎は二度、深呼吸をして、心の整理をしてから、

「十二年前に俺が言ったことを信じて、お前は屋敷へ来たのか」

あまりのお春の純粋さに、源四郎としては、何をどう言っていいのかわからない。

「そうだ。男の格好になって、様子を見に来ただ。お前様が、おらのことを本当に嫁っ子にしたいのなら、どんな格好をしていても、おらが春だとわかるはずだ。だから……だから、おらは、一生懸命働いて……うぅっ」

お春は、しくしくと泣き出した。

その様子を見て、源四郎は、ひどく胸を打たれた。これほど純情で献身的な娘が、他にいるだろうか。

「そうか……だから、他の奉公人が逃げ出しても、お前だけは屋敷に残っていてくれたのか……」

年頃の娘が下男の格好をして、紅いもの一つ身につけずに、身《み》を粉《こ》にして働いてくれたのである。しかも、その間、源四郎は暢気《のんき》に遊興三昧《ざんまい》だったのだ。自分は、何というろくでなしであろう。

「どんなに貧乏になったって、嫁っ子が旦那様と一緒にいるのは、当たり前でねえか。この馬鹿んたれがっ」

源四郎は立ち上がった。泣いているお春を、優しく抱いてやる。

「悪かったなあ、お春。お前の献身ぶりに気づかなくて。俺の目は節穴だったよ。本当の馬鹿んたれだ」

「優しくするな、馬鹿ァ……」

「とにかく、落ち着け」と源四郎。

「そして、刻《とき》が惜しい。俺は、叔父上に大事な話があるのだ。みんなが安心して暮らせるようにするために。決して切腹などせん、約束する」

「……」

春吉のお春は、涙をいっぱいに溜めた目で、源四郎をじっと見つめる。その目には、まだ不審の色があった。

「よし、わかった――」

源四郎は、ひょいとお春の軀を両腕でかかえ上げる。お姫様だっこという格好だ。

周囲を見まわすと、木立の外れに小屋が見えた。そこへ行ってみると、薪《たきぎ》や炭を置く小屋だとわかった。

引戸を開いて、中へ入る。空気抜きの窓が二つあるので、内部は思ったほど蒸し暑くなかった。

板の間に積み上げられた薪束の蔭に、二畳ほどの広さの空間があった。

源四郎は、そこにお春を立たせると、しゃがんで彼女の顔を見上げる。

「聞け、お春」と源四郎。

「今から、俺はお前をお嫁にする。こんな場所だが、良いか」

「本当？　本当に、おらを嫁っ子にしてくれるのか」

「三三九度《さんさんくど》の杯《さかずき》も金屏風《きんびょうぶ》もないが、俺は真心をこめて、お前を抱く」

「嬉しい………」

涙ぐんだお春は、両手で顔を覆った。

(ご神域を瀆《けが》すのではありません。純情そのものの生娘《きむすめ》と夫婦の契りを交わすのですから、ご容赦ください)

源四郎は心の中でお稲荷様に詫びながら、お春の藍色《あいいろ》の川並《かわなみ》を脱がせた。黒の腹掛けの裾《すそ》を捲《まく》り上げると、男装娘の下半身が剝《む》き出《だ》しになる。

「ううむ……綺麗だぞ、お春」

感嘆したように、源四郎が言った。

毎日の労働のために少年のように引き締まり、ほっそりした軀つきであった。

陽に焼けていない下肢《かし》は、真っ白である。

恥毛は帯状で、薄い。亀裂は桜色で、花弁は完全に内部に収納されていた。

「みんな、お殿様のものだよ」

顔を覆ったままで、お春は言った。

「髪の毛の一筋まで、みんな、お殿様のものにしてっ」

「よし、よし」

そう言って、源四郎は、美しい秘部に顔を埋めた。唇と舌で亀裂を愛撫する。

「ひィ……ああァ……」

立ったままで女器を口唇愛撫されるという刺激的な状況に、お春は、胡弓《こきゅう》の音《ね》にも似たか細い喘《あえ》ぎを洩らす。

深い愛情のこもった源四郎の愛撫で、十八歳の男装娘の花園は、熱い秘蜜を溢れさせた。

源四郎はその場に胡座《あぐら》をかくと、袴の無双窓から屹立《きつりつ》した巨砲を露出させる。

そして、お春を膝の上に跨らせた。

対面座位——四十八手でいうところの唐草居茶臼《からくさいちゃうす》である。

十二年間、慕い続けてきた男のもので処女地を征服されたお春は、清い涙を流して源四郎の首にしがみついた。

「死んじゃ厭だよ……絶対に死なないで、お殿様っ」

「お前を残して死ぬようなことは、絶対にない。約束だ」

源四郎は微笑して、十八歳の花嫁に接吻《せっぷん》した。お春も不器用に舌を絡めてくる。

男装娘の女壺《にょつぼ》の味わいは、絶妙であった。

小さな臀《しり》を撫でながら穏やかに穏やかに腰を動かして、源四郎は、お春を女悦の絶頂に送りこむ。同時に、夥《おびただ》しく放った。

「──お春」

しばらくしてから、源四郎が言った。

「俺が帰るまで、大人しく屋敷で待っていてくれ。誰が来るかわからんから、油断するなよ。わかったな、いいな」

「うん……待ってます」

素直にうなずく、男装の新妻であった。

二

「何だ、源四郎。貴様には先日、義絶《ぎぜつ》を申し渡したはずだ。それとも何か、改心したとか何とかいい加減なことを申して、詫びを入れに来たのかっ」

元勘定吟味役の鹿島五郎右衛門は、怒鳴りつけながら客間へ入って来た。

厳めしい表情になろうと努力しながら、その端から笑みがこぼれそうになっているのを止めることができない。

可愛がっている甥《おい》っ子が、自分だけを頼りにして泣きついて来たのが嬉しいのであった。

「叔父上。源四郎、此度《こたび》は、大事なお願いがあってやって参りました」

源四郎は、両手をついて頭を下げる。

小日向にある五郎右衛門の隠居屋敷であった。本当の新妻になって安心した春吉のお春を屋敷に帰して、源四郎は、この叔父の屋敷へやって来たのである。

庭では、蟬《せみ》が賑やかに鳴いていた。

「何だ、金か」

「そのような私事《わたくしごと》ではございません」

「ほほう……では、何が望みだ」

「叔父上は、御目付《おめつけ》の斎藤織部《おりべ》之《の》介《すけ》様と懇意になさっていましたな。その斎藤様への紹介状を書いていただきたいのです」

幕府の会計事務を監査する勘定吟味役は、その職責上、旗本の監視をする目付と交流することが多い。それで、五郎右衛門は、斎藤織部之介と親しくなったのである。

「御目付に取り入って、改易《かいえき》処分を撤回してもらおうというのか」

少しばかり軽蔑する顔になって、五郎右衛門は問う。

「私事ではないと申し上げました」

源四郎は、毅然として断言した。

「御公儀の威信にかかわる重大事について、斎藤様にご相談を申し上げたいのです」

「御公儀の威信と申したな。この叔父に詳しく話してみよ」

「はい。実は――」

源四郎の説明を聞いていた五郎右衛門は、その広い額に激怒の青筋を浮かび上がらせて、

「源四郎、そこで待っておれっ」

ぱっと立ち上がった。

「紹介状を書いていただけますか」

「馬鹿者っ！」

庭の蟬が驚いて飛び去るほどの大声で、五郎右衛門は言った。

「そのような重大事で、ちまちまと紹介状など書いていられるか。わしも一緒に、斎藤様のところへ行くのだっ」

三

翌日の夜――納涼という名目で霊岸島《れいがんじま》から出た屋形船は、江戸湊を静かに進んでいた。

二十畳という広さの縦長の船房に座っているのは、作事奉行の黒木備前守と浪華屋宗右衛門、そして、青龍一家の哲吾郎、殺し屋浪人の坂巻玄蕃という面々である。

「わしの目の前で小うるさい蠅《はえ》を始末できるというのは、間違いないのか。それで、毬姫も手に入るのだな、粂造」

酒杯を片手に、備前守が訊く。長年の荒淫《こういん》と深酒のために、顔色の悪い五十過ぎの男だ。

「今は宗右衛門でございますよ、お殿様」

宗右衛門は苦笑した。その腰には、七福神を乗せた宝船の根付《ねつけ》が揺れている。

「どちらでも良いではないか。どうせ、この場にいるのは、お前の過去を知っても驚かぬ悪党ばかりだ」

「これはどうも、怖れいります」

哲吾郎は、媚《こ》びるように頭を掻いた。

「うちの賭場《どば》荒らしをしやがった藤堂源四郎を仕留めていただけると聞いて、欣喜雀躍《きんきじやくやく》の思いで参上いたしました。これをご縁に、ご贔屓《ひいき》に願います」

「まあ、今夜の策を考えたのは、あの牙鬼でございますが――」

宗右衛門は、船房の隅に蹲《うずくま》っている女死客人《おんなしかくにん》に目をやってから、

「お殿様の命令で、三度も源四郎の命を狙ったが、どうしても殺《や》れない。このままではお殿様に会わせる顔がないと、わたくしに泣きついて来ました」

「牙鬼が、お前と顔見知りとは知らなかったぞ」

「それはもう、世の中には消えてもらいたい人間が大勢いますので、牙鬼にも何度か仕事を頼んだことがあります」

「そうか。消えてもらいたい人間の綴《つづ》りの中には、わしの名前も載っているので

はあるまいな」

「これは、きついご冗談を」

宗右衛門は、声を立てて笑った。

「わたくしとお殿様は、俗に申します一蓮托生《いちれんたくしょう》、浮く時も沈む時も一緒ではございませんか。何で、始末の綴りにお名前が載りましょう」

「そうかな」

備前守は、座敷の隅に積んである三つの千両箱を見る。

「先日の西の丸の建具と畳の総入れ替えで、浪華屋はたっぷり儲けたので、もう、わしなど用済みかと思ったわ」

「そのくらいで、ご勘弁くださいまし」

宗右衛門は、備前守に酌をしながら、

「とにかく、確実に源四郎を仕留めるために、彼奴《きやつ》を逃げ場のないところへ誘き出す必要があります。そこで、人買い商人の船から西国の美女三人を三千両で買い取るために、わたくしとお殿様、坂巻先生と哲吾郎親分の四人が揃って、納涼船の名目で江戸湊の沖に行くという投げ文《なげぶみ》をすれば、源四郎は必ずやって来る――と。これが、牙鬼が考えた筋書きです。何しろ、あいつは、揉め事をかかえた女を救うのが自分の天職と思っているような、変わり者ですからな」

「そうらしいのう」

「そこで、逃げ場のない海の上で、牙鬼と坂巻先生の二人で相手をすれば、間違いなく彼奴の息の根を止められるというわけです。その手配を牙鬼に頼まれたので、わたくしめが一肌《ひとはだ》脱いだような次第で」

無論、屋形船の脇には、備前守の警護をする家来十五人を乗せた船が付き添っている。が、源四郎の乗った舟が近づいて来ても、気がつかないふりをして見逃すようにと命令されていた。

「くだらんっ」

吐き捨てるように、玄蕃が言った。

「あいつを斬るのは、俺一人で十分だ」

「まあ、まあ、先生。それなら、源四郎が現れましたら、先にお相手をお願いしましょうか。牙鬼は後詰《ごづ》めということで」

「決して出番のない後詰めだが、それで良い」

玄蕃は、酒杯をあおって、

「早く姿を見せれば良いのに……」

「――俺をお呼びかな」

船房の障子窓の向こうから、男の声がした。

「おっ⁉」

大刀を掴んだ玄蕃が、ぱっと立ち上がって間合を取る。

ほぼ同時に、さっと障子窓が引き開けられた。

窓の向こうには、猪牙舟《ちょきぶね》が屋形船と並行に浮いており、そこに藤堂源四郎が立っていた。船頭は、春吉ことお春であった。

源四郎は左手に大刀を下げたまま、素早く屋形船の船房に飛び移った。

「此奴《こやつ》っ」

玄蕃は、大刀を抜いた。低い天井にもかかわらず、その大刀を源四郎へ振り下ろす。

源四郎は、鞘《さや》に入ったままの大刀を顔の前で横一文字にかざして、その斬りこみを受け止めた。

鋭い金属音がして、玄蕃の大刀が折れた。刀身が吹っ飛んで、天井に突き刺さる。

「むっ？」

玄蕃が斬りこんだのは、大刀の鞘そっくりに造られた鉄の棒だったのだ。

「謀《たばか》ったなっ」

騙されたと知った玄蕃が脇差を抜くよりも早く、源四郎が抜いた脇差が、かれの頸部《けいぶ》を薙《な》いだ。

首から血を振りまきながら、玄蕃の軀は半回転して、畳の上に俯《うつぶ》せに倒れる。

（これほどの奴に勝つには、この策略しかなかった……）

すでに動かなくなった玄蕃を見下ろして、源四郎は吐息を洩らす。できることなら人命を奪いたくはなかったが、そんな中途半端な覚悟で勝てる相手ではなかったのだ。

「源四郎――っ」

煙管剣《きせるけん》を構えた牙鬼が、軀ごとぶつかる勢いで突っこんで来た。源四郎は、それをかわしながら、牙鬼の左脇腹を斬り裂く。

「わあっ」

窓の障子を破りながら、牙鬼は海に落ちた。

「さて――」

血刀《ちがたな》を手にした源四郎は、浪華屋宗右衛門と黒木備前守を等分に見て、

「二人とも、年貢の納め時だぞ」

「何を言うか、気触れ者めっ」

備前守は喚《わめ》いた。

「わしを誰と思うてか。作事奉行を務める黒木備前守ぞ。この狼藉《ろうぜき》は見逃してやるゆえ、早々に立ち去れっ」

源四郎が屋形船から出さえすれば、あとは十五名の家来たちが何とか始末するだろう――と備前守は考えている。

「いや、これを見よっ」

源四郎は、次々に障子窓を開け放った。

「あっ」

「これは……」

宗右衛門と備前守は困惑した。

高張提灯《たかばりちょうちん》を掲げた数多くの船が、屋形船を取り巻いていたのである。十五人の家来を乗せた船は、すでに捕方《とりかた》に確保されていた。

それを見て、青龍の哲吾郎は腰を抜かしそうになった。

「一体……何としたことだ」

備前守は狼狽《うろた》えきっている。

「御目付の要請で、御船手方《おふなてかた》と南北町奉行所が捕方を出したのだ」

源四郎は静かに言った。

「浪華屋と手を組んだ備前守の不正には、前々から御目付の探索が入っていたのだ。まして、今宵は殺し屋浪人や札つきのやくざと会合し、女を買い取る三千両まで用意している。もはや言い逃れはできぬと知れ。これこそ、破邪顕正《けんしょう》ならぬ破邪剣正だ」

「き、貴様という奴は……死ねっ！」

正気をなくしたような目つきになった備前守は、脇差を抜いて斬りかかった。

源四郎は、その首の付根を、大刀の形の鉄棒で打ち据えた。

「ぐぎゃっ」

肩の骨を粉々に砕かれた備前守は、踏み潰された蛙《かえる》のように不様《ぶざま》な格好で倒れる。

「わ、わわっ」

備前守と一蓮托生と断言したはずの宗右衛門は、身を翻《ひるがえ》して逃げようとした。

その後頭部を、源四郎は鉄棒で打ち据える。無論、死なない程度にだ。

宗右衛門こと粂造は、ものも言わずに顔面から畳に倒れこむ。例の根付が紐から外れて、ころころと畳の上に転がった。

まだ無事なのは、青龍の哲吾郎だけであった。

「どうした、親分。やくざ者の意地はないのか」

「ち…ちきしょうっ」

長脇差《ながどす》を抜いた哲吾郎は、それを振り上げた。だが、切っ先が天井に突き刺ってしまう。

「しまったっ」

長脇差の柄《つか》から手を放して、懐の匕首《あいくち》を抜こうとした哲吾郎の頭のてっぺんに、源四郎は鉄棒を叩きこんだ。

「むぅ……」

哲吾郎は白目を剝いて、引っくり返った。

その時、艫《とも》の方の板戸が開いた。陣笠を被って捕物支度をした壮年の武士が、船房へ入って来る。

目付の斎藤織部之介であった。

その後ろから入って来たのは、丸顔の中年の武士である。

「――済んだようだな」

織部之介は言った。

「はっ」

源四郎は片膝をついて、鉄棒を背中に隠す。織部之介は、倒れている四人を見まわして、

「よくやった、藤堂源四郎。自分を囮《おとり》にして、悪党どもを集めて一網打尽にするとは、よくぞ思いついた。昨日、五郎右衛門殿と一緒に乗りこんで来たその方《ほう》の話を聞いた時は、正直に申して、そんな策が本当に通用するのか――と半信半疑であったが」

「はい。敵方の牙鬼と申す者の協力がなければ、このように上手くは運びませんでした」

「その大事な協力者を、なぜ、斬った」

「今まで重ねた悪事で死罪は免《まぬが》れぬ者、せめて介錯《かいしゃく》のつもりで、わたくしが斬りました」

「ほほう、そうか」

織部之介は、後ろの武士の方へ振り返った。

「戸田。その方が申した通り、面白い人物よのう」

「はっ」

頭を下げたその武士は、幇間《ほうかん》の鈍平であった。いや――目付配下の徒目付《かち》・戸田平太郎《へいたろう》である。

徒目付は隠密として情報収集役を務めるが、戸田平太郎は、備前守と浪華屋の悪事を調べるために幇間に化けていたのだった。

「藤堂様。役目とはいえ、これまで身分を偽《いつわ》っていたことをお詫びいたします」

頭を下げる平太郎に、

「私を浪華屋に紹介したのも、策略ですな」

笑いながら、源四郎が言う。

「はい。藤堂様をぶつければ、浪華屋が何か尻尾を出すのではないかと思いまして。いや、この四人全部を捕らえられるとは、予想以上の成果となりました」

「十年前に主人を無実の罪に陥《おとしい》れた浪華屋宗右衛門こと粂造は当然として、三千両の脇で酒杯を傾けていた黒木備前守殿も、言い逃れは難しいだろう」

織部之介は言う。

「それに、死罪と決まった粂造は、これまでの備前守殿の悪事を悉《ことごと》く白状するはずだ。悪党というのは、潔《いさぎよ》く一人では死なぬ。必ず、仲間を道連れにしようとするからな」

源四郎も、うなずいて、

「坂巻玄蕃は倒れ、悪事を重ねて来た哲吾郎もお仕置になる。乾分《こぶん》たちも捕まるでしょうから、これで、わたくしが保護した女たちは何の憂《うれ》いもなくなりました」

「そうだな」

「では。わたくしは、これにて――」

源四郎は、屋形船から、春吉の操《あやつ》る猪牙舟に乗り移った。

その船底に伏せているのは、ずぶ濡れの牙鬼――お柿であった。源四郎に斬られたと見せかけた血は、塗料に油を混ぜた偽物だったのである。

「もう少し、そのままで我慢してくれ」

船底を見ないようにして、源四郎は小声で言った。お柿は、無言でうなずく。

「さあ、お春。神保小路へ帰ろう。みんなが心配してる」

「はいよっ」

春吉のお春は、器用に櫓《ろ》を使った。

船手同心や町奉行所の捕方が乗った船の間を、するりするりと通り抜ける。

お春は、にっと笑って、

「上手く行ったね、お殿様」

「まあな」

源四郎も満足げに、うなずく。

行く手に見える深川の繁華街の灯は、藤堂源四郎と七人の女たちの未来を祝福しているかのようであった。

四

「――さて、藤堂源四郎」

大捕物の翌日の昼間――藤堂屋敷を訪れたのは、目付の斎藤織部之介と叔父の鹿島五郎右衛門であった。

客間の上座に座った織部之介は、厳《おごそ》かに言う。

「その方、不行跡《ふぎょうせき》の咎《とが》により改易となり、本日をもって当屋敷を明け渡すべし――との御沙汰《ごさた》が出ておる。存じおるな」

「ははっ」

裃姿《かみしもすがた》の源四郎は、神妙に叩頭《こうとう》する。

「ではあるが……源四郎、安堵せい。改易は取り消しになったぞ」

「まことでございますか」

源四郎は驚いた。

「それどころか、作事奉行の不正を暴き出した功績により、三百石の加増が決定した。これで合計千二十石、その方は千石越えの大身じゃ。新たに広い屋敷を賜《たまわ》ることになろう」

「は……」

源四郎は顔を伏せた。

「良かった、良かったのう、源四郎」

脇にいる五郎右衛門は、喜びで顔をくしゃくしゃにする。

すると、源四郎は、ぱっと面《おもて》を上げて、

「お願いしたき儀《ぎ》がございます」

「申してみよ」

「加増を辞退させていただき、屋敷も今のままにしていただきたいのです」

「何……」

啞然《あぜん》とする、斎藤織部之介だ。

「こら、正気か、源四郎っ」

五郎右衛門が怒鳴りつける。

「元々、わたくしめの不行跡によるご処分、その改易が取り消しとなるだけで、今回の手柄の褒賞《ほうしょう》としては充分でございます」

「ふうむ……」

「その代わり、と申し上げては何ですが……妻を七人、置くことをお許しください」

「ん？　妻妾《さいしょう》同居は、さして珍しくもないが」

「いえ、妾《めかけ》ではございません。七人とも、正妻のつもりでございます。第一正妻から第七正妻まで、天命の女にございます」

「な、何だと……お前は何を言っているのだっ」

頭の血管が千切れそうになっている、五郎右衛門であった。

「叔父上、落ち着いてください。無論、支配頭《がしら》様に届ける妻の名は一人にいたします」

「え……………？」

五郎右衛門は、狐《きつね》に摘《つま》まれたような顔になる。

「勝手にせよ」と織部之介。

「家中で揉め事さえ起こさなければ、その方の自由だ」

呆《あき》れたように言ってから、不意に織部之介は笑って、

「その七人の中には、背の高い男のような形《なり》の女もいるのか」

何もかも見通している、織部之介であった。

「居《お》るやも知れません。その者は、海に落ちた時に何かで頭を強く打って、昔のことは覚えておらぬそうで。ただ……日に一度は死者の菩提を弔《とむら》うようにと申しつけています」

「うむ……若年寄様には、わしの方から申し上げておく。いずれ、その方は御役目につくことになろう」

「ありがたき幸せ」

再び、源四郎は叩頭する。

「う、う～～～む」

一緒になって頭を下げながら、まだ、納得のいかない鹿島五郎右衛門であった。

「ところで、源四郎」織部之介は言う。

「加増とは別に褒美として金百枚が下《くだ》し置《お》かれるのだが、その方は、これも辞退するのだな」

「いえ」

顔を上げた源四郎は、にっこりと笑って、

「それは謹《つつし》んで頂戴いたします、はい――」

五

「んむ……んんぅ……」

お春は、長大な男根の先端を咥《くわ》えて、口の中で舐めまわしていた。全裸である。

その八畳間にいる一人の男と七人の女は、全員が一糸《いっし》纏《まと》わぬ裸体であった。

改易取り消しが申し渡された今夜は、藤堂源四郎と七人の正妻が合同で契りを交わすのである。

毬姫、お紋、お光、お柿、お槇、お咲、そして、お春――七人妻であった。

座敷には夜具が敷きつめられ、その真ん中に源四郎が仰《あお》向《む》けで寝ていた。

彼の股間に顔を伏せて、口唇奉仕をしているお春は、四《よつ》ん這《ば》いになっている。そのお春の臀孔《しりあな》を舐めているのが、お槇。その花園を舐めているのが、お咲であった。その双子姉妹は、お春の括約筋《かつやくきん》を舌と唇でほぐしているのだ。

お光が男の右胸を、お紋が左胸を舐めている。そして、お柿と毬姫は左右から、源四郎に接吻していた。源四郎は、元死客人と高家の姫君に交互に唇を合わせる。

「――お殿様」お槇が言った。「そろそろ、お春さんの臀の孔もほぐれてきたようです」

「そうか、よし」

源四郎は立ち上がった。仁王立ちになると、お春の軀を両手で摑み、軽々と持ち上げる。

お槇がお春の臀の双丘《そうきゅう》を左右に広げ、お咲が巨根を握った。そして、二人が協力して、唾液で濡れそぼったお春の後門へ巨根を導く。

ずずっ……と貫いた。

「――――ォォォあっ」

極太の男根に排泄孔《はいせつこう》を完全に征服されたお春は、歓喜と悲鳴の入り混じった叫びをあげる。

櫓立《やぐらだ》ちという態位だ。正確には、臀責め櫓立ちというべきか。

源四郎はお春の状態を観察しながら、膝の弾力を利用して、ゆっくりと突き上げた。お春の臀孔は、喰い千切られそうなほどの凄い締まり具合だ。

その極限まで拡大された後門の縁《ふち》を、お槇が舐める。そして、巨根の根元をお咲が舐めた。

さらに、お光とお紋が重い玉袋を左右から舐めている。毬姫は、源四郎の背後に跪《ひざまず》いて、高貴な舌で彼の後門をしゃぶっていた。お柿は、男の首筋や耳朶《じだ》を舐めている。

支配頭に〈妻〉として届け出るのは、毬姫である。第一正妻の毬姫の次は、お春、お紋、お光、お槇、お咲、そして第七正妻のお柿の順で、源四郎に臀孔を捧げるのだ。お槇とお咲はすでに後門を犯してもらっているが、今夜が正式の契りなのである。

「みんなで幸せになるのだ」

後門性交を続けながら、源四郎は言った。

「お前たちは全員、俺の天命の女なのだから」

「はい、お殿様っ」

七人の妻が声を揃えて、答えた。

絢爛《けんらん》たる一対七の乱愛の宴《うたげ》の開幕であった。夜の明けるまで、源四郎の精力と体力の続く限り、七人妻は途方もない悦楽と官能の海を漂うのである。

お春の口から甘ったるい喜悦の声が洩れて、六人の舌が奉仕する淫《みだ》らな音が座敷から庭へと流れ出た……。

番外篇　第八の天女《てんにょ》

一

「待て待て、まて――っ」

金竜山浅草寺《きんりゅうざんせんそうじ》の広小路に、若い娘の声が響き渡った。

陰暦七月末――まだ残暑の厳しい晴れた日の午後である。江戸で最も参拝客の多い浅草寺の広小路には、大勢の人が行き交っていた。

「む？」

振り向いた藤堂源四郎は、瓢簞《ひょうたん》みたいな顔をした男が、風呂敷包みをかかえて走って来るのを見た。

「泥棒、泥棒っ」

その後ろから追って来るのは、浅黒い肌をした旅姿の娘である。

どうやら、その娘の持ち物を瓢箪面《づら》が盗んで逃げるところらしい。

源四郎は周囲を見まわし、古着屋の床店《とこみせ》の脇に立てかけてある天秤棒に目を止めた。

「おい、借りるぞ」

古着屋の親爺《おやじ》に声をかけてから、源四郎は、その天秤棒を摑んだ。

必死の様子で駆けて来た瓢箪面の足元めがけて、その天秤棒を放る。

「わっ」

全速力で走っている最中に、脇から飛んで来た天秤棒が絡んだから、たまらない。

その男は、顔面から勢いよく地面に倒れこんだ。

「ぶぎゃっ」

したたかに地面に衝突して、男の顔は潰れ瓢箪になってしまった。風呂敷包みも吹っ飛ぶ。

足を止めて様子を見ていた通行人たちが、わっと歓声を上げた。

「――お見事」

そう言ったのは、源四郎の連れの戸田平太郎であった。

饅頭に目鼻を描きこんだような丸顔で、人の良さそうな顔立ちだが、この男、実は腕利きの徒目付《かちめつけ》なのである。

平太郎は懐《ふところ》から紐を取り出して、激痛に呻《うめ》いている瓢箪男を手際よく縛《しば》り上げる。

徒目付は旗本や御家人の素行を調査する密偵で、危険もある役目だ。なので、何が起こっても良いように、戸田平太郎は、常日頃から捕縄《とりなわ》代わりの紐を持ち歩いているのだった。

「あ、ありがとうごぜえますっ」

息を弾ませながら、追いかけて来た娘が、平太郎に頭を下げる。

「これこれ、間違えてはいかん」と平太郎。

「天秤棒を投げつけて、盗人《ぬすっと》の足止めをしてくださったのはな――こちらの御方《おかた》だ」

そう言って、源四郎の方に視線へ向ける。

「は、はい……お侍様、ありがとうごぜえましたっ」

娘は、すぐに源四郎の方へ頭を下げた。

「網元の旦那様からの大切な預かりものを盗られてしまったら、おら、死んでお詫びをしないといけねえところでした」

　くっきりと眉《まゆ》が濃くて涼しい瞳を持ち、潑剌《はつらつ》とした顔立ちの娘である。陽に焼けた肌は浅黒く、年齢は十七、八だろう。

　髷《まげ》は真ん中で分けて、両側に垂らして括《くく》ってある。二筋垂髪《ふたすじすいはつ》という室町期の古風な髪形であった。

「預かりものというのは、これだな」

　近くに転がっていた四角い風呂敷包みを、源四郎は拾い上げて、娘に渡そうとしたが、

「おや」

　急に、眉間《みけん》に皺《しわ》を寄せた。

「どうなさいました、藤堂様」

「この箱の中身は何かな」

「はい。なんか珍しい南蛮渡りの人形の焼物だとか」

　娘は明るい顔で、はきはきと答える。

「それは困ったな」

　源四郎は当惑した。

「今、箱の中で、からりと音がしたぞ」

「それは……」

「人形が壊れたのではないかな」

それを聞いた娘は、

「えっ……」

絶句して、ゆらりと軀《からだ》が傾いだ。気が遠くなったのだろう。

「お、おい、しっかりしろっ」

あわてて、源四郎は、片腕で娘を抱き止めた。

二

「本当にすまなかった。俺が天秤棒なんか投げつけずに、手捕《てど》りにすれば良かったのだ」

広小路に面した蕎麦屋《そばや》の二階の座敷で、源四郎は頭を下げる。

「やめてくだせえ。お武家様に頭を下げられたら、こっちが困りますで」

娘も、ぺこぺこと何度もお辞儀をした。

盗人の瓢箪面を駆けつけた徳蔵《とくぞう》という御用聞きに引き渡してから、源四郎たち三人は、とりあえず、この店に入ったのである。

風呂敷を解いて、木箱の蓋を開いてみると、真綿に包まれていたのは、九寸ほどの大きさの半人半魚――女の人魚の像であった。

丸い台座の上で上半身を起こし、尖った乳房を誇らしげに突き出して、魚体の下半身を優雅に寝そべらせている。

彩色が鮮やかで、泡立つような髪は金塗り、下半身の鰭《ひれ》の端も金で塗られていた。

素人目で見ても、見事な造りであった。

ただし、その尾鰭の部分が、ぽっきりと折れてしまっている。

「でも、困ったなあ。この焼物を本所の梓屋《あずさや》さんに届けるために、おら、白浜《しらはま》から出て来たのに……」

娘の名は、お君《きみ》。年齢は十八だ。

房総半島の安房の南端――白浜の笹目《ささめ》村《むら》の網元屋敷の奉公人であった。

白浜は天領――つまり、徳川幕府の直轄地である。

この人形は先月、嵐の翌日に浜に打ち上げられた船の残骸の中から見つかったものであった。

おそらくは、遠い沖で沈んだ外国船に積まれていたものであろう。

網元の治五兵衛《じごへえ》は、残骸が打ち上げられたことは代官陣屋に報告したが、この人形のことは黙っていた。

珍奇な物なので、道具屋か唐物屋《とうぶつや》に売れば金になる——と、治五兵衛は思ったのである。

しかし、洲崎や館山の店で売ったら、すぐに、こちらの素性《すじょう》がわかってしまうだろう。

そこで、治五兵衛は江戸の知り合いに手紙を出して、本所相生町《あいおいちょう》の〈梓屋〉という古物商を紹介して貰ったのだった。

梓屋の主人・万次郎は、「品物を見てからでないと値段はつけられないが、本当に南蛮物で出来が良ければ、三十両で買いましょうよ」と言ったそうである。

浜で拾ったものが三十両になるなら、治五兵衛としては大儲けだ。

では、誰が江戸まで人魚像を運んで行くのか——という段になって、治五兵衛は迷った。

江戸まで往復で八日くらいはかかるから、治五兵衛が、そんなに村を留守にするわけにはいかない。

手代の伊助を行かせるのも、その間が不自由になる。

そこで、屋敷の下働きをしているお君に行かせることになった。

お君は漁師の松吉の娘で、幼い時に母を病気で亡くしている。

そして、松吉も三年前に卒中で亡くなったので、お君は、網元屋敷に下女として奉公したのだ。

軀が丈夫で男衆に負けぬほど足腰が達者なお君なら、江戸との往復も苦になるまい。

そういうわけで、治五兵衛から充分な路銀《ろぎん》を貰って、お君は白浜を出たのだった。

下総《しもうさ》の行徳《ぎょうとく》から出た船に乗って、お君は、江戸の小網町《こあみちょう》の行徳河岸《がし》に着いた。

そして、永代橋《えいたいばし》を渡って大川沿いに川上の本所へ行くように――と教えられていたのだが、十八娘は、江戸の広さと賑やかさにびっくりしてしまった。

そして、噂に聞く浅草寺を見てみたいと思って、お君は、浅草へ向かったのである。

浅草寺に参拝して境内を歩きまわり、奥山の観世物《みせもの》を眺めて、お君は、雷門の近くの掛け茶屋で一休みした。

そうしたら、傍らに置いた風呂敷包みを置き引きに盗まれたのだ。

すぐに、お君は瓢箪面の盗人を追いかけ、源四郎のおかげで風呂敷包みを取り戻したのだった。

しかし、盗人が転倒した拍子に、人魚像の尾が折れてしまったのである……。

「おらが、すぐに本所に行かずに浅草寺にお参りしたから、罰《ばち》が当たったに違いねえです……どうしよう」

うな垂《だ》れてしまう、お君なのだ。

「いやいや、参拝をして罰が当たるというのは、辻褄《つじつま》が合わぬ。あくまで、わしの手落ちなのだ」

源四郎はそう言って、お君を慰めてから、傍《かたわ》らの平太郎に、

「どうかな、平太郎殿。三十両の人魚像も、尾が折れて傷物となっては、半分の十五両にもなるまい。その尾鰭だが、どうにかならんかな」

「そうですなあ――」

それまで、黙って人魚像を子細に調べていた平太郎が、

「焼物の復元を生業《なりわい》にしている職人に、心当たりはありますが。焼物の欠片《かけら》を磨

り潰して粉にして、それに糊《のり》を混ぜ合わせ、誰が見てもわからぬほど見事に継ぐのです」

「おお、そうか」

源四郎は喜んだ。お君も、目を輝かせる。

「では、早速、その者に……」

「ただし、これは南蛮物です。粉になる焼物の種類が、こちらのものとは違いますから、すぐに復元は難しいでしょう」

「ううむ」

落胆する源四郎とお君であった。

「それよりもですな、藤堂様」

「水くさい、源四郎でよいと言うのに」

「では、源四郎様。これをご覧ください――」

平太郎は、人魚像の尾鰭の欠けた部分を、源四郎の目の前に掲げて、

「中に何か入っているでしょう」

「うむ……」

欠けた穴から像の中を覗きこんだ源四郎は、

「黒っぽい塊《かたまり》が見えるな。なんだか、妙なにおいもする」

「はい、その通りで」

平太郎は、真剣な表情になっている。お君の方へ目を向けて、

「お君。この像が、浜辺に打ち上げられていたのを網元が拾ったというのは、間違いないのだな」

「はい、間違いねえです。旦那様は夜明けに、誰よりも早く浜を見てまわるのが日課で」

「そうか……では、網元から梓屋へ何か文《ふみ》のようなものは預かっておらぬか」

「よう、ご存じでごぜえますね。これを、旦那様から預かってきましただ」

お君は、懐から大事そうに手紙を取り出した。

「その文、見せて貰えるかな」

「え」

お君は、困ったように瞬《まばた》きして、

「でも、おら……梓屋の旦那に直《じか》に渡せと言われとるで……ここで開けるわけには……」

「そうか、そうだろうな」

平太郎は、さらに難しい顔になる。それを見た源四郎が、不審げに、

「平太郎殿。一体、どうしたというのだ」

「はい。実は――」

戸田平太郎が、何事か語ろうとした時、誰かが騒々しく階段を駆け上がって来た。

「御免なすってっ」

からりと襖《ふすま》を開けたのは、御用聞きの徳蔵であった。顔が蒼《あお》ざめている。

「おや、さっきの親分じゃないか」

源四郎は眉をひそめて、

「何かあったのかね」

「それが……あの置き引き野郎が、殺されましたんで」

「何だとっ」

源四郎だけでなく、平太郎もお君も驚いた。

「近くの自身番へ連れて行って、どうせ今日が初めての盗みじゃなかろうから、洗いざらい吐かせようとしたんです。ところが――」

徳蔵は悔しそうに説明した。

「ちょいと目を離した隙《すき》に、連子窓《れんじまど》から匕首《あいくち》を投げた奴がいましてね。それが見事に首を貫いて、あの瓢箪みてえな顔をした野郎は、三途《さんず》の川を渡っちまいました。無論、すぐに外へ飛び出したんですが、下手人の姿はどこにもなくて……中し訳ありません」

両手を突いて、頭を下げる徳蔵である。

「ただの盗人にしちゃ、殺される理由がわからねえ。とにかく、浅草寺の奥山には、出刃包丁や短剣なんかを投げる芸人が何人もおりますんで。これから、そいつらを当たってみようと思います」

「待ってくれ、親分」

源四郎が片手で制して、

「今、話していたところなんだが……どうも、この盗まれそうになった荷物も、何か曰《いわ》くがありそうなんだ」

「お武家様。それは一体、どういうこって？」

徳蔵は、身を乗り出した。

三

「――お前さんが、お君さんだね」

道具商・梓屋の主人の万次郎は、細面《ほそおもて》の柔和《にゅうわ》な顔つきであった。五十を幾つか、越えているだろう。

「安房から、ご苦労でした。江戸は人が多くて、さぞ驚いたろうね」

そこは、本所相生町一丁目にある梓屋の奥座敷だ。

すでに日が落ちて、広い庭の石灯籠《いしどうろう》には灯《ひ》がともっている。

「田舎者なもんでごぜえますから、見るもの聞くもの珍しくて」

お君は恥ずかしそうに言って、懐から手紙を取り出した。

「梓屋の旦那様。これが、うちの旦那様からの文です」

「はい、ありがとう――」

万次郎は手紙を開いて、ゆっくりと目を通した。

薄い唇の端に笑みを浮かべて、それを懐にしまうと、

「では、人魚像とやらを見せていただきましょうか」

「へい」

お君は、傍らの風呂敷包みを解いて、木の箱を出した。そして、その箱を万次郎の方へ、そっと押しやる。

万次郎は、その蓋を開いた。真綿の褥《しとね》から、人魚像を取り出す。尾鰭のところに皹《ひび》が入っていたが、万次郎は気にも留めなかった。

「結構です」

再び、人魚像を箱に収めると、

「では、今、三十両を持って来るから、少し待っていておくれ」

そう言うと、箱を手にして、奥座敷を出て行った。

「…………」

残されたお君は、所在なげに座敷の中を見まわした。それから、庭の方へ目をやる。

その時、彼女の後ろの襖が、さっと開かれた。

「っ？」

振り向くと、三人の男がそこに立っていた。三人とも、堅気には見えない顔つきと風体《ふうてい》である。

角張った顔の男が、にやりとして、

「漁師村の娘にしちゃ、別嬪《べっぴん》じゃねえか」

「本当だぜ」

左頬に傷のある男が言う。

「色黒なのは玉《たま》に瑕《きず》だが、目鼻立ちは悪くねえ」

「早いとこ、生娘《きむすめ》の鮑《あわび》ってやつを拝ませて貰おうじゃねえか」

奥目の男が、下卑《げび》た笑いを浮かべる。

「ひっ」

お君は、庭の方へ逃げようとした。

が、頬傷と奥目が、さっとその前に立ち塞《ふさ》がる。

「どこへ行くんだ」

「俺たちが三人がかりで、朝まで可愛がってやろうというんだぜ」

二人は、お君の腕を摑もうとした。

が、「う……」と小さく呻いた頬傷が、急に廊下に崩れ落ちる。

「おい、どうしたっ」

驚いた奥目が、はっと振り向くと、そこに藤堂源四郎が立っていた。

頰傷の男は、音もなく庭から現れた源四郎に、背後から急所を打たれたのである。

「だ、誰だ、てめえはっ」

喚《わめ》きながら、奥目は、右手を懐に突っこんで、匕首を抜こうとした。

が、それよりも早く、水月に源四郎の拳が突き入れられて、前のめりに倒れる。

「野郎っ」

角顔が匕首を抜いて、お君に突きつけようとした。

が、庭の暗がりから飛んで来た石が、その鼻柱に命中する。

「がっ」

だらしなく、角顔の男は匕首を放り出して、仰《あおむ》向けに倒れた。脳震盪《のうしんとう》を起こしたのである。

そして、庭の暗がりから、戸田平太郎が姿を見せる。

「源四郎様。どうやら、こちらの想像した通りだったようですな」

「うむ」

源四郎は頷いてから、お君の方を見て、

「怖い想いをさせて済まなかったな、お君」

「いいえ。何でもねえです」

健気《けなげ》に笑って見せる、十八娘なのだ。

「あ、お前たちは何者だっ」

異変に気づいた万次郎が、廊下の向こうから姿を見せた。

「曲者《くせもの》だ、みんな出て来いっ」

そう叫ぶと、七、八人のごろつきが、母屋《おもや》のあちこちから飛び出して来た。みんな、長脇差《ながどす》や匕首を手にしている。

「曲者はどちらかな」と源四郎。

「梓屋。その方は、御禁制の魔薬《まやく》を扱う外道商人であろうが」

「な、なにっ」

梓屋万次郎は、愕然《がくぜん》とする。

「あの南蛮人魚の像の中に詰めてあったのは、唐土《もろこし》の阿芙蓉《あふよう》、阿片《あへん》であろう」

「………」

「白浜の網元の治五兵衛は、唐人《とうじん》が抜荷船《ぬけにぶね》で運んで来た魔薬をお前に送り、お前はそれを江戸で売りさばく――もはや、罪状は明白、逃げも隠れも出来ぬぞ」

「うるさいっ」万次郎は喚いた。

「殺せ、この三人を殺して口を塞ぐんだっ」

ごろつきたちは、源四郎と平太郎に襲いかかって来た。

「お君、俺から離れるなよ」

そう言って、源四郎は大刀を抜いた。

左側の奴の脳天に、大刀の峰を振り下ろす。

そいつが昏倒するよりも早く、右の奴の脇腹に大刀を叩きこんだ。

「ぐはっ」

肋骨《ろっこつ》を数本、粉々に砕かれた男は、頭から庭へ転げ落ちる。

その間に、平太郎も、正面から来た奴の右肩に大刀を振り下ろしていた。

肩甲骨《けんこうこつ》と鎖《さ》骨を割られて、そいつは、廊下へ倒れこむ。

三人の仲間があっさり倒されたのを見て、残った奴らは狼狽《ろうばい》した。

「何をしている、早く殺せと言うのに」

焦《じ》れったそうに万次郎が言った時、店の方と裏木戸から、大勢の捕方《とりかた》が雪崩《なだれ》こんで来た。

「梓屋万次郎。南町奉行所の与力、木村寿太郎《じゅたろう》である。大人しく、縛《ばく》につけ」

捕方を率いた与力が叫ぶと、万次郎は、へなへなとその場にへたりこんでしまった。

「お武家様方《がた》、上手くいきましたねっ」

御用聞きの徳蔵が、源四郎たちの方へ駆けて来た。

「こいつらを取り調べれば、あの瓢箪面を殺した奴もわかるでしょう。本当に、何とお礼を申し上げていいのか」

「俺たちは大したことはしておらぬ。危険な囮《おとり》の役を引き受けてくれた、お君の手柄だ」

にこやかに言う、源四郎であった。

四

「さて、お君――」

本所の料理茶屋の離れ座敷に、藤堂源四郎とお君はいた。

魔薬商人の梓屋万次郎一味を捕らえて、南町奉行所の与力に丁重に礼を言われてから、戸田平太郎と別れて、二人は、この店へ入ったのである。

二人の前には、酒肴《しゆこう》の膳が置かれていた。

お君は、手甲《てつこう》や脚絆《きやはん》などの旅装を解いている。

「網元の治五兵衛は魔薬密売の一味とわかった。戸田平太郎殿が八州取締出役《はつしゆうとりしまりしゆつやく》に話して、網元屋敷の者は捕縛されるだろう。そなたは、もう白浜には戻れぬが……行くあてはあるのか」

お君が魔薬の密売一味でないことは、すでに証明されている。

網元の治五兵衛が梓屋万次郎にあてた手紙には、「この娘は何も知らないが、人魚像の運び屋として利用する。そちらに着いたら、煮るなり焼くなり好きにして、どこかに埋めてくれ」と書かれてあったからだ。

治五兵衛がお君に言ったことは、みんな嘘であった。

太平洋に面した白浜で、治五兵衛は漁師の網元を務めながら、同時に、唐人の密輸船と魔薬の取引をしていたのである。

しかし、先月は、密輸船が嵐のために遭難してしまった。

が、偶然にも、浜辺に打ち上げられた船の残骸の中に、魔薬を詰めた人魚像を見つけたのである。

いつもなら、梓屋の番頭の勘七《かんしち》が旅人を装って白浜に現れ、手代の伊助から人魚像を受け取るのだ。

ところが、勘七が食中《しょくあた》りで寝こんで、白浜へ行けなくなった。それで、お君に人魚像を持たせて、江戸へ来させたというわけだ。

梓屋万次郎がまともな道具商なら、尾のところに繋ぎ合わせた皹があるのを見れば、必ず文句を言うはずだ。

しかし、万次郎は皹を指摘せずに、「三十両を持って来る」と言った。

この時、万次郎は、道具商ではなく魔薬商人であることを白状したのと一緒なのであった。

手紙と人魚像だけでは、万次郎が言い逃れするおそれがあったので、お君に囮になってもらい、あのような罠を仕掛けたのである……。

「行くあてと言うても……おらには親戚もいねえですし……」

お君は下を向いた。

「そうか」と源四郎。

「では、俺の屋敷に来ないか」

「え」

お君は驚いた顔になったが、同時に、嬉しそうでもあった。

「実はな。俺には、七人の妻がいる。正妻と妾《めかけ》ではないぞ。七人とも、俺の正妻だ」

呆《あき》れ顔になったお君に、源四郎は手酌で飲みながら、七人妻との出逢いを語って聞かせた。

「──つまり、七人が七人とも、天が定めた俺の妻なのだ。生まれた時から、そういう運命だったのだろう」

「……………」

「お君──俺は、今日の出逢いから、お前も天命の女だと思う。八番目の天女だ。そう思わぬか」

「こんなに真っ黒な天女が、おりますかね」

恥じらいながら、お君が言った。

「潮風に焼かれたお前の肌は美しい。俺には、そう見える」

「お侍様……」

感激したお君は黒々とした双眸《そうぼう》を潤ませて、源四郎の胸に飛びこんで来た。

源四郎は、その唇を吸ってやる。舌を差し入れて、濃厚な接吻《せっぷん》をかわした。

そして、胸元を開いて、弾力のある乳房を愛撫する。

「ん……んぅ……」

その愛撫によって、健康な乙女の肌から甘い匂いが立ちのぼった。

唇を外した源四郎は、お君の胸に顔を埋《うず》めた。

「ああ、あ……」

十八娘は悦楽と羞恥《しゅうち》に、両手で顔を覆ってしまう。

源四郎は、唇と舌と歯で乳房を愛撫しながら、さりげなく右手を銚子の方へ伸ばした。

庭に面した障子は開いているが、石灯籠の油が尽きているのか、庭は真っ暗であった。

源四郎が、尖った乳頭を甘噛みすると、

「ひいっ」

お君が、小さな叫び声を上げる。

その瞬間、庭の暗闇の中から、飛び出して来た者があった。旅姿の小男で、匕首を腰だめにしている。

「くたばれっ」

小男は、源四郎に突きかかって来た。

が、それより早く、源四郎の右手から銚子が飛んでいた。その銚子は、小男の額に命中した。粉々に砕ける。

「げっ……」

小男は、庭へ転げ落ちた。気を失っている。

何が起きたのかわからず、お君は、源四郎の胸にしがみついた。

「お君、この男を知っているか」

「え……あっ、伊助さんです」

何と、それは、網元屋敷の手代の伊助であった。

「――源四郎様」

隣の座敷から現れたのは、先ほど別れたはずの戸田平太郎であった。

「瓢箪面を殺したのは、こいつでしょうな」

「おそらく、な」

「でも、伊助さんがどうして江戸に……」

お君は、困惑していた。

「網元を裏切り、人魚像を奪って、自分で売りさばくつもりだったのだろう。それで、あの置き引きの男を雇ったのだ。ところが、あいつが失敗して捕まったので、口封じに殺したのだな」

そして、梓屋一味が捕まり人魚像も押収されたので、伊助の苦労は無駄に終わった。

今さら、無断で抜け出した白浜の屋敷へも戻れない。また、戻ったところで、八州取締出役によって捕まるだけだ。

身ひとつで逃げればよいのに、せめてもの意趣返しに、源四郎とお君を殺そうと思ったのだろう。

悪党の損得勘定は、常人の理解を越えているのだ。

「では――わたくしは、こいつを徳蔵に渡して来ますので」

平太郎は、軽々と伊助を肩に担いだ。

「もうお邪魔はしませんので、今度こそ、ごゆっくり」

そう言って、戸田平太郎は障子を閉める。

苦笑した源四郎は、再び、お君に接吻した。お君は今度は、自分から舌を差し入れて来る。

二人は、互いの舌を吸い合いながら、激しく抱き合った。

そして、源四郎の右手が着物の裾前《すそまえ》を割って、太腿《ふともも》の内側を撫で上げた。

男の指が、十八娘の秘部に達すると、そこは熱く濡れている。柔らかな恥毛に飾られた処女の泉を、源四郎は愛撫した。

女体《にょたい》の深淵から夥《おびただ》しく蜜液が湧き出して、内腿まで濡らす。

頃良しと見た源四郎は、胡座《あぐら》をかいて下帯を取り去り、己《おの》れの巨砲を剝《む》き出《だ》しにした。

そして、お君を、その上に跨がらせる。対面座位であった。

桜色の女器を真下から、黒々とした男根が貫いた。

「…………あぁっ」

お君は仰《の》けぞった。その時には、源四郎の肉柱は根元まで彼女の蜜壺《みつつぼ》に埋没を果たしている。

破華《はか》の締めつけを味わいながら、源四郎は、お君の乳房に唇を這《は》わせる。

「お君、お前の大切な操《みさお》は俺が貰った」

源四郎は言う。

「必ず幸せになるのだ、みんなで」

「はい……はい……」

感激の涙を流しながら、お君は何度も頷く。

藤堂源四郎と第八の天女の優しく淫《みだ》らな愛姦は、夜が明けるまで続くのであった。

あとがき

今の漫画、TVゲーム、アニメなどで〈ハーレム物〉と呼ばれるジャンルがあります。

主人公が女性にモテモテで、複数のヒロインを周囲に侍《はべ》らせるという設定です。

光源氏《ひかるげんじ》のように、自分から女性を口説きまくるのではありません。

主人公が、そうとは意識しないうちに女の子の心を捕らえてしまい、自然とモテモテになるという流れです。

昭和三十年代から四十年代にかけては、梶山季之の『色魔《しきま》』『かんぷらちんき』などの巨根絶倫出世物が大流行しましたが、今のハーレム物は、その亜種と言えるかも知れません。

さて、本書『乱愛御殿』は、そのハーレム物に挑戦した作品です。

失業して経済的にも窮地に陥った主人公が、金策のために外出する度に、なぜか、美女を拾ってしまうというお話。

　この設定は、軽ハードボイルドの第一人者、カーター・ブラウンが書いたグラマー女探偵メイヴィス・セドリックの『乾杯、女探偵！』から思いつきました。ずいぶん前に読んだので細かいストーリーは思い出せないのですが、メイヴィスが死体を捨てに行くたびに、また死体が転がりこむ――という内容だったと思います。

　この『乱愛御殿』は学研M文庫の書下ろし作品で、今回はそれに加筆修正し、さらに番外篇として「第八の天女」を書下ろしました。

　この番外篇は、笹沢左保・原作のＴＶシリーズ『木枯し紋次郎』の第二話「地蔵峠の雨に消える」の〈仕掛け〉を使わせてもらいました。

　このエピソードは、ラストのスローモーションで見せた土砂降りの雨の中の殺陣が、圧巻ですね。

　ちなみに、「地蔵～」は笹沢さんの『峠』シリーズの一篇を、紋次郎を主役に置き換えたものです。

　不穏な世情ですが、この作品を読者の皆さんに楽しんでいただければ幸いです。

さて、次の作品は『若殿はつらいよ（十五）／黄金の肌』を七月に刊行の予定ですので、よろしくお願いします。

二〇二二年四月

鳴海　丈

コスミック・時代文庫

乱《らん》愛《あい》御《ご》殿《てん》
大江戸はーれむ物語

2022年5月25日　初版発行

【著者】
鳴海《なるみ》　丈《たけし》

【発行者】
杉原葉子

【発行】
株式会社コスミック出版
〒154-0002 東京都世田谷区下馬 6-15-4
代表　TEL.03(5432)7081
営業　TEL.03(5432)7084
FAX.03(5432)7088
編集　TEL.03(5432)7086
FAX.03(5432)7090

【ホームページ】
http://www.cosmicpub.com/

【振替口座】
00110-8-611382

【印刷／製本】
中央精版印刷株式会社

ISBN978-4-7747-6381-1 C0193